Ainda tem sol em Ipanema

Copyright © 2022 Luis Pimentel

Editor
Rodrigo de Faria e Silva

Revisão
Graça Ramos

Projeto gráfico e diagramação
Faria e Silva Editora

Capa
Hortensia Maria Pecegueiro do Amaral

Catalogação na publicação
Elaborada por Bibliotecária Janaina Ramos – CRB-8/9166

P644
Pimentel, Luis
Ainda tem sol em Ipanema / Luis Pimentel. – São Paulo: Faria e Silva, 2021.
152 p.; 14 X 21 cm
ISBN 978-65-81275-28-0
1. Conto. 2. Literatura brasileira. I. Pimentel, Luis. II. Título.

CDD 869.93

Índice para catálogo sistemático
I. Conto : Literatura brasileira

FARIA E SILVA Editora
Rua Oliveira Dias, 330 | Cj. 31 | Jardim Paulista
São Paulo | SP | CEP 01433-030
contato@fariaesilva.com.br
www.fariaesilva.com.br

Ainda tem sol em Ipanema

Luís Pimentel

*"(...) Morrer ainda é aqui, na vida, no sol, no ar /
Ainda pode haver dor ou vontade de mijar."*

(Gilberto Gil)

SUMÁRIO

Prelúdio	9
Soterrado	11
Amizade	15
Gosto de enxofre	19
Caminhos	23
O pedido	29
Cicatriz	33
A primeira vez	37
Como num quadro sacrossanto	39
Estação Fim do Mundo	45
Café fraco	51
O amor é mais frio que a morte	55
O último post	61
Mortos na cabeceira	65
Herança	75
Mangas vermelhas	79
Ternura	83
Queima de arquivo	89
A última lembrança	95
Decisão	99
A crooner do Norte	103
Deus sabe	107
Tempos difíceis	109
Cada um sabe de si	113
Cruzamento	117
Os caçadores e a caça	123
Os meninos da praça	127
A vida é troca	135
Mais cedo ou mais tarde o teto desaba	139
Ainda tem sol em Ipanema	143

Prelúdio

(*A música das ondas*)

Dispensou a cadeira de rodas e atravessou o portão do hospital cambaleando. O rapaz da portaria perguntou se alguém o esperava, se desejava um táxi.

Agradeceu e disse que desejava o mar. E o mar estava logo ali, do outro lado da praça.

O trajeto de pouco mais de um quilômetro demorou quase uma hora. Mas chegou até lá. Sentou-se na proteção de cimento entre o calçadão e a areia e se livrou das sandálias. Começou a movimentar os pés, com dificuldade; as pernas, depois de tanto tempo entrevadas, não obedeciam.

O sol da manhã trazia um cheiro distante. Reconheceu como cheiro de vida.

Arreganhou as narinas para puxar o ar, que chegava arranhando. Abriu a boca, querendo engolir a maresia. O barulho dos carros, o burburinho dos passantes e os gritos dos vendedores de biscoitos, salgados e bebidas eram neutralizados pela música das ondas.

Meu Deus, a música.

As ondas.

O rapaz do quiosque o cumprimentou. Os meninos que jogavam o altinho acenaram. A menina que passou com a cadeira de praia debaixo do braço sorriu para ele e foi em busca do mergulho.

Acompanhou, emocionado, os passos compassados da menina. Há quanto tempo não via uma bunda liberta de aventais?

O amigo dos tempos de futevôlei se abancou ao lado e respeitou o silêncio. Só abriu a boca para dizer que estava feliz com o seu retorno, depois da longa ausência.

Apenas sorriu e tentou se levantar, mas faltou equilíbrio.

O amigo o ajudou.

– Vamos dançar – ele disse.

– Sem música? – o outro perguntou.

– Tem música. Escute.

O garoto freou a bicicleta, olhou, não se conteve:

– Show!

E voltou a pedalar.

SOTERRADO

Chegou ao trabalho no mesmo instante em que o patrão. Deu bom dia, vestiu o avental surrado e encarou copos e xícaras amontoados na pia, para começar a preparar o café. Logo o bar estaria cheio.

Nessa hora o menino se espichou no balcão, botando o coração pela boca:

– Corre, pai, que caiu tudo lá!

– Tudo o quê, Júnior?

– O prédio! Com nossa casa junto. Com a mãe e a Lila dentro de casa. Só escapei porque já tinha saído para a escola.

O pai abraçou o menino. Tirou o avental. Pediu ao Seu Manuel que terminasse de coar o café e prometeu voltar logo.

O "prédio" era um caixote construído às pressas, como tantos na comunidade, com várias caixinhas de um cômodo, banheiro e cozinha. "Nossa casa" era uma caixinha dessas, e ele estava feliz por conseguir pagar as prestações com o pequeno salário. Sem escritura, sem recibo, sem habite-se, na confiança com Seu Genésio, o construtor. A ele pagava também pela segurança, o bujão de gás e a TV a cabo.

Quando chegou perto viu que a poeira ainda se agitava. Vizinhos desesperados disputavam lugar com jornalistas, pois notícia ruim corre rápido. Carros de polícia e dos bombeiros fechavam a rua. Tentou se aproximar, sempre de mãos dadas com o filho, foi contido pelo policial:

– Mantenha-se da corda para lá!

– Minha mulher e minha filha estão soterradas, senhor.

– Muitas mulheres e filhos estão soterrados aí, meu amigo.

– Glória! Dalila! – soltou os gritos, abafados pelo barulho das escavadeiras, sirenes, falatório.

Começou a chorar. Agarrado à sua perna, o menino chorava também.

O moço com farda de bombeiro se aproximou, suado e coberto de terra. O olhou com pena:

– Acalme-se, senhor. Ainda estamos na escavação. Não sabemos o tamanho do estrago. Tem mortos aí, mas com certeza tem vivos também. Tenha fé.

A vizinha se aproximou e o abraçou, aos prantos:

– Ô, Seu Zé...

– Salvou algum pertence, Dona Augusta? – ele perguntou.

– Nada. Fiquei com a roupa do corpo. Mas graças a Deus não tinha ninguém dentro de casa.

As pernas e os joelhos doíam. Sentou-se no meio-fio e enganchou o filho no colo, apertando o corpo dele contra o seu.

– Dito! – Júnior gritou, chamando o garoto que estava na calçada, do outro lado da rua, com a camisa da escola pública igual à sua.

Dito se aproximou e os dois amigos se abraçaram:

– Meu pai está aí dentro, Seu Zé – choramingou o pequeno, cujo pai trabalhava à noite, como vigilante, e passava as manhãs dormindo.

– Sinto muito, Dito. E sua mãe?

– Ela já tinha saído para o trabalho, depois de me deixar na escola. O senhor tem celular? Pode ligar para ela?

– Claro. Eu ligo. Diga o número. Mas é capaz de já ter visto na televisão ou ouvido no rádio, estão falando o tempo todo.

Só depois do meio-dia, começaram a carregar corpos para a ambulância. Os parentes foram avisados que o reconhecimento seria feito no hospital ou no IML. Viu que Seu Manuel se aproximava e apressou as explicações:

– Não pude voltar ao bar. Nada se resolveu aqui.

– Não se preocupe – disse o patrão. – Fechei tudo lá e vim lhe oferecer alguma ajuda.

– Muito obrigado. Ainda tenho que ir fazer o reconhecimento.

– Eu vou levar o Júnior para minha casa, Zé. Depois eu trago ele. Não exponha o menino a essa situação.

Caminhou até o Centro. Glória e Dalila não estavam

no hospital, onde havia muitos machucados. Deram o endereço do Instituto Médico Legal, teria que fazer mais uma caminhada. Esperou um tempão a vez de acompanhar o atendente até as geladeiras. Mostraram os corpos ainda sem identificação. A mulher e a filha não estavam entre eles.

Disseram que o trabalho dos bombeiros continuava, nem todos os corpos tinham sido resgatados. Fez o caminho de volta no mesmo ritmo. Da esquina avistou Glória e a menina sentadas na calçada, sobre pedras recolhidas nas ruínas. Não conseguia falar nem para perguntar onde estiveram. O corpo tremia, a garganta seca. A companheira o salvou da agonia:

– Saí às pressas para levar Lila ao posto médico, homem. Acordou vomitando, toda molenga, com febre... Júnior ainda está na escola?

Estirou-se no chão, a cabeça no colo das duas, e respirou como se retirasse toneladas de concreto de cima do corpo. Olhou para o céu, ainda turvo pelas nuvens de poeira, e tomou uma decisão:

Não sabia como, mas tinha a obrigação de matar o miserável do Seu Genésio.

Amizade

Quase toda manhã é o mesmo suplício: quando chego na portaria, a vizinha gorda do trezentos e dois já está esparramada no banco de madeira, tendo ao lado o seu irritante cachorrinho peludo. Na verdade, todo cachorrinho de madame é irritante. Os peludos são mais. Capricho na cara feia, exibindo a pior que sei fazer, e ela se apressa em colocar o fedorento no colo.

Na assembleia do condomínio votei contra a colocação do banco nesse lugar, bem em frente ao jardim, alegando que ia ter fila de inativo – o que mais se vê nesse prédio – tapeando o reumatismo. Isso deixa a fachada com cara de asilo. Chamo de jardim porque todos o chamam, mas não passa de meia dúzia de plantas murchas. Além dos velhos, que como eu previ transformariam isso aqui em área de lazer, o espaço está sendo invadido pelos donos de animais.

Parece perseguição. E é. Basta eu me sentar no banco para ler o jornal e os netos da enrugada do quinhentos e um se aproximam. Pode ser feio falar assim, pois enrugado eu também estou, mas pelo menos não fico engordurando a cara com creme para ver se as rugas desaparecem. Os moleques se aboletam ao meu lado, cada um com o telefone celular na mão, que deve ser dos pais ou dos avós permissivos, e ficam jogando um troço que faz barulhinhos saídos da barriga do capeta. Acabo não entendendo uma linha do que leio, pois o oinnhoninnhoim desgraçado detona para sempre a concentração. O porteiro paraibano da manhã fica me olhando lá de dentro, com cara de sacana, seguramente se divertindo com a situação. É um cretino. O da tarde é cearense, menos confiado e espaçoso, mas cretino também.

Estamos perdidos. Todos nós, condôminos, esse palavrão criado para designar os infelizes que dividem, cada um em sua baia, a mesma cabeça de porco.

Além de ser o primeiro a ocupar o lugar, se instalar no banco bem cedo tem a vantagem de a gente ver as empregadas domésticas chegando. Batem o ponto no comecinho do dia, enquanto os patrões acordam tarde. Cada uma mais jeitosa do que a outra. Minha preferida é a do quatrocentos e um, nortista – tem cara de paraense – de longos cabelos pretos derramados até a bunda, sempre empinada. Não cumprimenta ninguém, nem o porteiro enxerido que sempre abre um sorriso meloso e oferecido. É o contrário da branquinha do setecentos e três, que dá o bom dia mais simpático e delicado que já recebi, perguntando como tenho passado, como têm passado os porteiros cretinos, fazendo carinho na cabeça dos pestes que começam a descer pro play, uma graça ela. Essa não é bonita, mas é educada.

Acho chato ter que dividir o meu banco com quem quer que seja, mas não há outro jeito. Só gosto mesmo de repartir essa madeira dura com o Brito, porque aprecio conversar com ele. As manhãs e a prosa são muito melhores quando encontro o Brito na portaria. Nesses dias, não me lembro sequer de olhar o jornal. Volto para casa com ele dobrado debaixo do braço. Uma conversa entre amigos faz o dia começar bem. O Brito tem boas histórias, cada encontro é uma novidade, nunca vi um sujeito com biografia tão rica, tão cheia de façanhas. Não é um qualquer.

Dia desses o Brito me contou mais uma epopeia: sua passagem pelos campos da Itália, mais precisamente pelas trincheiras de Monte Castelo, durante a Segunda Guerra. O homem é um ex-combatente, quem diria?!

Às vezes o meu amigo não marca presença, ou desce bem mais tarde. Nesses dias eu fico ao Deus dará, exposto a enfrentar todo tipo de fera. Pegar o doutor Genival pela proa, por exemplo, é tormenta que ninguém merece. Repete pela milésima vez que se aposentou pelo teto máximo e que hoje não recebe sequer dois salários mínimos, que não consegue mais pagar o plano de saúde ou os remédios. Ora, bosta, e quem é que ainda consegue? Doutor Genival era advogado, provavelmente desses de porta de cadeia, e mesmo depois da aposentadoria continuou advogando, até que os clientes foram sumindo. Por conta da caduquice do causídico, claro.

O Brito não é de falar muito, mas a cada encontro revela um pouco de sua vida. Outro dia contou que tem um filho, que o filho tem dois filhos e é casado com uma mulher fútil. Queixava-se da pouca convivência com os netos, pois o filho trabalha muito, em negócio de seguros, e nos fins de semana não encontra disposição para visitá-lo. A nora não vem porque não gosta dele nem do bairro nem do apartamento em que o sogro vive.

De tanta prosa matinal, eu e o Brito ficamos amigos. Amigos mesmo. Quase amigos de infância. Dia desses o convidei para ir à minha casa. Tomaríamos um vinho – ou uns remédios – juntos. Rimos da piada, depois de concluir que degustamos praticamente os mesmos comprimidos diários: para pressão alta, diabetes, próstata aumentada, refluxo, tonteira, essas maravilhas da natureza envelhecida. Pedi que não reparasse na bagunça de uma casa de viúvo, ele explicou que também era quase viúvo, pois a mulher vegetava há anos na cama. Fiz cara de quem sentia pena do amigo e ele disse:

– Ora, bolas. Pior é na guerra.

Grande Brito. Já o acompanhei ao hospital, no meio da noite, para ele medicar um pico de hipertensão. Ele me levou ao pronto-socorro, em pleno fim de semana, para combater crise de asma em balão de oxigênio. São atitudes que forjam uma verdadeira amizade.

Por isso foi duro acreditar na história que o porteiro contou esta manhã: o filho do meu amigo o carregou na madrugada, juntamente com a mãe enferma, deixando um telefone para se aparecer interessados em comprar o apartamento. Disquei para o número, achando que conseguiria falar com o Brito, mas caiu em uma imobiliária, onde se recusaram a me passar o telefone do proprietário do imóvel. Sumiram com o meu amigo.

Hoje o banquinho de madeira está sem graça. Não aparecem sequer vizinhos para me atazanar. Sinto falta de companhia. Até o porteiro sacana desapareceu. Chegam as empregadas, os moradores que se mandam cedo aceleram os carros, descem os meninos de celulares na mão. Parece um dia como outro qualquer, mas não é. Arrependo-me de ter me apegado ao Brito e às suas histórias.

Chega uma hora em que não vale mais a pena inventar de ter amigos.

Gosto de enxofre

Uma mulher entrar sozinha no bar, escolher a mesa, se sentar e pedir uma cerveja são coisas que nunca se vê por aqui. A cidade não está acostumada. Nem eu, para dizer a verdade.

Ainda mais às sete horas da manhã.

Deu bom dia, escolheu a mesa lá do fundão, pendurou a bolsa marrom de couro na cadeira e foi logo pedindo a bebida. Perguntou se eu sabia a que horas terminava a missa das sete e começou a beber.

Devagar. Elegantemente.

Ninguém bebe álcool tão cedo aqui. Essa é a hora dos fiéis, que chegam só para tomar café da manhã enquanto o sino não os convoca. Sempre foi assim. Bar perto de igreja é sempre assim.

– Acaba às oito. Oito e pouco o povo começa a sair. Saem aos bandos. Entram apressados, atrasados, nervosos, mas saem lentamente, silenciosos. Acho que a oração e a homilia acalmam, não é? A outra missa só começa às nove horas. A senhora vai aguardar a próxima?

Ela disse que não gostava de missa. Eu quis saber desde quando. Explicou que desde bem pequenina, quando acompanhou a mãe à igreja e o padre colocou em sua boca uma hóstia com gosto de enxofre. Eu disse que não acreditava e ela apenas sorriu.

Viera fazer o quê, num domingo, bem na hora da missa?

Veio acompanhando o marido, esse, sim, muito religioso. Disse que estava só esperando o padre "liberar as ovelhas" para poder carregá-lo para casa.

Achei engraçado o comentário. E também a inversão. Vejo muito aqui é marido esperando mulher. Perguntou se podia fumar. Respondi que normalmente não, mas que não tinha coragem de negar esse pedido a ela. Agradeceu, pediu um cinzeiro e perguntou o nome do vigário.

– Padre Antônio.

Balançou a cabeça e eu continuei:

– Um homem do bem, coração de ouro. Está nessa paróquia há muitos anos. É querido demais pela comunidade. Amado mesmo. Vez em quando ele encosta aqui e toma uma cachacinha de alambique da região. Diz que vinho só no altar.

– Tem gente que não gosta dele – ela disse.

E não disse mais nada.

Só voltou a abrir a boca para pedir outra cerveja. E perguntar se eu poderia fritar um ovo e servir com pão.

Eu quis saber se aceitaria também um café, para acompanhar o pão com ovo.

Respondeu que misturar café com cerveja é morte

súbita na certa, "sem tempo sequer para a extrema-unção de padre Antônio".

– É mesmo?

– Ou então uma tremenda diarreia – completou, sorrindo pela primeira vez.

Sorrindo era mais bonita ainda.

Perguntei a profissão. Tenho mania de querer saber a profissão de todo mundo. Ela quis saber o motivo do meu interesse.

– Curiosidade.

Não se negou a responder. Advogada.

– Cível? Trabalhista?

– Criminalista.

– Seus clientes são criminosos?

– Não. Empresários.

Sorriu novamente.

– E o seu marido, qual a profissão dele? – continuei curioso.

– Empresário.

– De armas e munições?

– Não. Bem ao contrário. É do setor funerário, tem loja para vender caixões. Quando morrer, pode procurá-lo.

Virou o último gole da cerveja e disse que tomaria "a saideira". E já que o bar só voltaria a ter público no final da missa, que tal sentar com ela e bebermos juntos?

Não costumo beber em serviço. Mas como recusar um convite desses, feito por uma cliente tão especial?

Quis saber tudo o que eu sabia sobre padre Antônio. Idade, de onde ele veio, o que fazia nas horas vagas, o trabalho com os pobres, a ligação dele com os sem-terra, todas essas coisas.

Não comentei com ela nem com ninguém, mas fiquei cabreiro. Por que tanto interesse no padre? Será que o vigário de vez em quando escapa da batina?

Eu disse tudo o que sabia. E só não contei mais porque a missa acabou, o povo começou a deixar a igreja, ela pagou a conta às pressas e disse que ia salvar o marido, "antes que ele virasse sacristão".

Segurei a cadeira para que se levantasse. Peguei a bolsa para lhe entregar e estranhei o peso.

– Nossa! Tem pedra aí dentro?

Não respondeu.

Deu adeusinho e atravessou a rua.

Comecei a preparar pão com manteiga, sanduíches de queijo e de presunto, coar café fresco, ferver o leite, encher açucareiros, passar pano nas mesas. O bar já estava cheio quando ouvimos os disparos, três, todo mundo largando o lanche e correndo para a igreja, uns entrando e outros saindo, mulheres gritando, homens ligando para a polícia, o menino chegando com a notícia:

– Mataram o padre! Foi uma mulher bonita. Acertou dois tiros nele e um na âmbula das hóstias.

– Prenderam?!

– Qual o quê? Pulou a janela da sacristia, alcançou o muro, sumiu no mundo.

Caminhos

1.

Diante da banca de jornais e revistas, o homem parece petrificado, os olhos grudados na primeira página do jornal que estampa a manchete *MARADONA ESTÁ MORTO*. Em seguida começa a chorar, a soluçar, a espernear, a arrancar as roupas e a se mutilar, a bater com a cabeça nas pedras da calçada, gritar Meu Deus, Meu Deus, Meu Deus!, o sangue jorrando da testa e escorrendo pelo corpo, manchando a calçada, empoçando no meio-fio, sujando os pés dos passantes. O moço que sai da agência bancária diz Deve ser ataque epilético. É maluquice mesmo, diz o que conserta relógios na esquina. Isso é Covid dezenove, garante a mulher que passa com as compras. Irado, vibra o menino. Leu a manchete sobre o Maradona e ficou assim, o dono da banca explica ao freguês. Ele deve ser argentino, conclui o freguês, comprando o livro de palavras cruzadas e seguindo o seu caminho.

2.

O homem entra no supermercado com a mulher e uma cesta para colocar os produtos. Sai conduzido por dois seguranças, que o levam até o estacionamento, depois de um bate-boca com a funcionária do caixa por motivo alheio à vontade dos dois que estavam apenas até aqui de problemas e loucos para mandar alguém à puta que o pariu. Ali o espancam até a morte, não sem antes arrebentarem boca, dentes, nariz, olhos, cabeça, braços e pernas, tomando o cuidado para não emporcalhar as botas com o sangue, pois precisarão retornar ao interior da loja, se reapresentar ao gerente de segurança e dar continuidade à tarefa de segurar o que for preciso. Os dois que bateram até matar são brancos e o que apanhou até morrer era preto, mas os donos do supermercado dizem que isso não importa, pois o que importa mesmo é que eles não são funcionários, e sim terceirizados, e a partir de agora vão selecionar melhor os colaboradores para evitar incidentes dessa natureza. Estão consternados, constrangidos e solidários com a família enlutada, embora não façam a menor ideia de quem se trata. O homem que cruza o estacionamento do supermercado naquele momento quer saber o que está acontecendo, e uma funcionária do setor de apoio logístico que acompanha a tudo diz Não é da sua conta e nem ouse filmar nada aqui, pois vamos quebrar a sua cara. O menino que ajuda a mãe a empurrar o carrinho de compras até o carro pergunta o que é aquilo. Ela diz que não interessa, não tem importância, entram no carro e pegam o caminho de casa.

3.

O rapaz trafega em sua moto quando a viatura com três policiais emparelha e ordenam que ele encoste. O rapaz não pode encostar no acostamento que não existe e quando se dá conta já é a viatura atravessada na frente, ele fazendo um esforço enorme para estancar a tempo, pois amassar o carrinho azul e branco com giroflex e sirene ligados é a pior coisa que pode acontecer num dia de tantos acontecimentos ruins. Não dá tempo de pensar nem isto nem aquilo nem nada, pois os fardados já estão de armas em punho e fúria nos olhos, Não parou por quê, seu merda?, Tem o quê, aí? Passa tudo pra cá, abre os bolsos, a mochila das costas, o baú da moto, desce agora e ajoelha no asfalto! O rapaz ainda gagueja Tô limpo, senhor, mas o "senhor" sai mastigado e amassado pela coronha do revólver, acompanhando o chute certeiro na boca do estômago. O rapaz não se lembra mais de nada, nunca mais vai lembrar, sequer ficou sabendo que jogaram gasolina e tacaram fogo na motoca que ele chamava de "parceira" e nem acabara de pagar. O entregador de gelo que passa por ali todos os dias fica horas diante da cena, tentando entender o que é ferro e borracha de moto, o que são restos humanos. Mas desiste de tentar descobrir e retoma o caminho do trabalho.

4.

O corpo está estendido no chão de cerâmica fria da padaria, no bairro mais *chic* da grande cidade, entre mesas e cadeiras com gente que toma café da manhã para alimentar o corpo, relaxar o espírito ou curar a ressaca. O dono da banca de jornal em frente diz que o homem vivia nas ruas do bairro e entrou na padaria não para comprar pão, mas para pedir socorro, tossindo, escarrando e se acabando de vomitar sangue, clamando, gritando por socorro, para que alguém chamasse uma ambulância. Nem ambulância nem socorro nem médicos nem bombeiros nem padre ou pastor, foi chamado apenas um funcionário que cuidava da limpeza no fundo da loja para jogar uma lona preta em cima do corpo, pois é assim que se faz, tão logo o homem parou de gritar e espernear e pedir socorro, caindo morto – feito um passarinho abatido. O rabecão veio horas depois e a família foi localizada, em bairro pequeno da periferia da grande cidade. A mãe disse que o morto quando vivo chamava-se Carlos Eduardo, Carlinhos para ela, que ele vivia nas ruas porque gostava, pois a casa da mãe era modesta, mas estava de portas abertas para recebê-lo, sendo que de vez em quando ele até passava uns dias com ela, que nesses dias ela aproveitava para dar banho e colocar roupas limpas nele, depois de ensopá-lo de desodorante Nívea e de Seiva de Alfazema, pentear os seus cabelos, aparar a barba, dar café com bolo e cuscuz, antes de o filho dar a costumeira meia-volta e dizer "Valeu, minha mãe, mas agora eu vou novamente, me deixe ir, não posso ficar aqui preso, sou passarinho, vou pro mundo, sou do mundo, meu caminho não passa mais por aqui".

5.

A moça sai de casa à tardinha para comprar pão fresco na esquina, deixando o filho pequeno no colo da avó que assiste à televisão com a janela aberta, pois o calor é insuportável. De dentro da padaria, a moça escuta disparos que parecem próximos, deixa o troco no caixa e o saco de pães no balcão e corre até a calçada para ver o que acontece. Vê passar correndo o homem suado, trajando camisa de time e segurando uma arma, seguido do policial que também segura uma arma e também corre, suando mais do que o homem porque carrega uma barriga que balança quando ele corre. A moça trata de resgatar compra e dinheiro e correr para casa antes que perseguido e perseguidor retornem atirando. Antes mesmo de empurrar a porta de casa, olha pela janela e vê que a mãe dela está sentada na mesma posição de quando saiu, no sofá, diante da televisão, com o neto no colo, só que agora tem um buraco escuro na testa, de onde escorre sangue também escuro, jorrando pela cabeça e o peito do menino que continua com os olhos vidrados no filme cheio de borboletas, folhas, canções da Sessão da Tarde e um lindo caminho verde no meio de uma floresta.

6.

Por nunca ter visto um coveiro chorando, o repórter do jornal popular que cobria o enterro das meninas se aproximou dele com gravador em punho, antes mesmo de ouvir a família enlutada. O homem disse ao repórter que estava ali em dupla função, como encarregado de sepultar os corpos das primas Rebecca e Emilly, de sete e cinco anos, e também na qualidade de amigo do pai de uma delas, que faria cinco anos daí a três dias e cujo corpinho desceu à cova com a roupa de Moana, princesa da Disney que seria tema de sua primeira festinha de aniversário. Ele não sabe quem é Moana, mas testemunhou o quanto a menina estava linda e chorou feito um bebê, juntamente com os parentes dela e de Rebecca, a priminha de sete anos com quem ela brincava de pique-esconde na porta da casa da família. Também contou ao repórter que além de amigo era vizinho dos pais de Emilly e que chegava do trabalho por volta de oito e meia da noite, depois da jornada no cemitério, parava no bar da esquina para tomar uma cachacinha, ninguém é de ferro. Disse que infelizmente vira tudo tudinho, bem do jeito que se deu, com a rua cheia de crianças brincando nas portas e pais chegando do serviço. Tinha uma viatura Blazer da PM parada em frente à rua e, sabe-se lá por que diabos, fizeram uns dez disparos de fuzil. Que, quando os policiais foram embora, ele atravessou e viu a menina Emilly atingida na cabeça, já sem vida, uma cena que não deseja a ninguém que veja. Depois outra vizinha veio gritando e dizendo que tinham matado a Rebecca também. A revolta era maior, segundo ele, por saber que a família procurou o batalhão ao qual os policiais pertenciam, saindo de lá com o pedido de desculpas e a informação de que havia naquele momento intensa troca de tiros entre a lei e a desordem, que a intenção não era acertar inocente, mas bandidos ferozes, e que essas tragédias infelizmente acontecem porque quem está no fogo é para se queimar, e nunca se sabe ao certo de onde vêm as balas, os sustos, muito menos quem coloca as pedras no caminho.

O PEDIDO

A mulher está sentada na varanda, xícara de café e latinha de biscoitos de maisena no colo. Ouve batidas no portão e em seguida o chamado:

– Mãe!

– Tá sem tranca. É só empurrar – ela diz.

O visitante empurra o portão e entra.

– Bença, mãe.

– Deus lhe abençoe.

Puxa uma cadeira e se senta perto dela. Carrega um embrulhinho na mão.

– Tomando seu cafezinho, né, mãe?

– Tô.

– Esse café com leite e biscoito da tarde é sagrado.

– Ah, é. Não abro mão. Que embrulhinho é esse aí, Zé?

– Meio quilo de músculos, para sua sopa. Sei que a senhora gosta.

– Não precisava, meu filho. Deus lhe pague.

– Como estão as coisas por aqui, mãe?

– Do jeito que Deus permite. E por lá?

– Não estão boas, não. Na verdade, estão muito ruins.

– O que aconteceu, menino?

– O que estava para acontecer, mais dia ou menos dia.

– Você aceita um cafezinho, para acalmar o juízo? Tá bem fresco, acabei de passar.

– Aceito.

A mãe ameaça se levantar.

– Não precisa. Fique aí, eu pego lá dentro. Conheço a casa.

– Ainda bem.

– Aproveito para botar a carne na geladeira.

– O café tá no bule, em cima do fogão. O açúcar continua morando no mesmo lugar, em cima da mesa da cozinha.

O rapaz vai lá dentro e volta mexendo com a colherinha na xícara de louça.

– O que é que está para acontecer, José? – a mãe pergunta.

– Não me entendo mais com o Silvio, mãe. Vai acabar um matando o outro dentro daquela loja.

– Pelo amor de Deus! Vocês eram tão unidos.

– Amigos de infância. A senhora se lembra, né?

– Claro. Ele se criou aqui. Laura mãe dele era como se fosse minha irmã.

– Pois é. Virou-se contra mim, mãe, por conta de uma bobagem.

— Que bobagem, Zé?

— Dinheiro. Uma dívida. Capital da empresa.

— Desmanche essa sociedade, meu filho. Pelo visto ela não tem mais futuro.

— Era tudo o que eu queria. Mas o encrenqueiro do Silvio diz que só depois que eu devolver a droga do dinheiro.

— Devolver?

— A parte que eu peguei. Uma bobagem. Coisa pouca. Um adiantamento de participação. Ia devolver antes do fechamento do balanço anual, mas me atrapalhei.

— Se atrapalhou com o quê?

— Despesas, mãe. Filho, mulher...

— ... Viagens desnecessárias, compras inúteis, gastos exagerados...

— Não é isso não, mãe. A senhora não sabe como é.

— Sei! Sei muito bem. Também criei filho. Eu e seu pai jamais nos endividamos. Ele nunca nos deu o que estava acima de suas posses. Nem a você nem a mim.

— Preciso de sua ajuda, mãe.

— Se estiver ao meu alcance.

— Acho que está. Neste momento, conto só com a senhora.

— Se a pensão de seu pai não fosse tão pequena, eu dividia com você.

— Não precisa. Isto não resolveria.

— E o que resolveria?

— A casa. Esta casa.

— O que tem a casa, José?

— Vamos vender ela, mãe. É o único jeito de eu me livrar do Silvio.

— E é uma dívida tão alta assim?

— Não era. Mas foi ficando.

— Vender a casa que o seu pai construiu? E onde vou morar, José? Debaixo da ponte? Como, se nesta cidade nem ponte tem?

— Claro que não, mãe. Eu seria capaz de lhe deixar ao relento? A senhora vai morar com a gente lá?

— A gente lá. Sua mulher e seu filho?

— Sim. Tem um quartinho.

— Meu filho, sendo sua mãe, infelizmente não fica bem eu mandar você para a puta que o pariu!

— O que é isso, mãe? Nunca lhe ouvi falando palavrão. Não precisa se aborrecer.

— Mas para o quinto dos infernos eu posso lhe mandar, sim.

— Está bem, Dona Alzira. Não está mais aqui quem falou. Não sei pra que tanta zanga. Basta dizer não e pronto.

A mãe não responde. Começa a arrumar cuidadosamente o estoque de biscoitos na lata. O filho se levanta e vai saindo devagar, cabeça baixa.

— Não se esquece de bater o portão — ela diz, levantando-se devagar para levar as xícaras até a pia.

Cicatriz

Seu Júlio disse que o homem cultivava cavanhaque grisalho e tinha uma cicatriz no rosto, que ia do nariz até perto da orelha. Que a presença dele era mais do que certa no Armazém do Mazinho, chovesse ou fizesse sol, sempre entre onze e meia e meio-dia. Entrava, ia direto ao balcão, tomava duas doses de abrideira, "uma seguida da outra". Pedia cigarros e fósforos, pagava a conta e dava as costas, quieto e calado do jeito que entrou, sem cumprimentar ninguém além do comerciante.

Sempre assim. Não tinha erro.

Cicatriz – Seu Júlio só sabia o apelido, do nome mesmo não tinha a menor ideia – era metódico, sisudo e desconfiado.

"E anda armado, como quase todos por aqui".

Pensou em pedir mais informações, quem sabe um retrato do homem, mas teve medo de com isso denunciar sua pouca experiência. Sempre ouviu dizer que os bambas no ofício não fazem muitas perguntas, com duas ou três dicas estão prontos para agir.

Na despedida, o aperto de mão veio com a entrega de um bolo de dinheiro, dentro do envelope.

"Não precisa. Acertamos depois do serviço feito", ele disse.

"Metade antes. Assim é que é", Seu Júlio reagiu.

Dia seguinte, pouco depois das onze, estava no salão do armazém, escolhendo uma mesa de canto, sentando-se e pedindo uma cerveja. Dali, a visão era boa para o interior de todo o ambiente. Bastava ficar de olho na chegada do Cicatriz. E fazer rápido o que tinha que ser feito.

Só não contava com a aparição repentina de Josué. Com a sem-cerimônia que as amizades de infância permitem, lhe deu bom dia, não esperou resposta, foi ao balcão, pediu um copo, puxou uma cadeira e aboletou-se em sua mesa, sem sequer pedir licença.

"Tá sumido, Pedro", Josué comentou.

"Dei uma viajada".

"Andou pelas bandas do Sul?"

"Não. Precisei fazer um servicinho em Bom Jesus da Lapa".

"Coincidência boa encontrar você aqui, Pedro".

"Verdade, Josué. Falta de tempo, estou sempre na labuta", disse, o olho correndo da porta de entrada até o balcão.

"Também não venho muito aqui. Mas hoje marquei com um amigo. E dei sorte porque acabei encontrando outro. Desde quando nós somos que nem unha e carne, Pedro?"

"Desde sempre. Acho que desde as barrigas das mães".

"É mesmo. Nossa amizade vem de nossas mães, que já eram amigas".

"De infância também..."

Josué interrompeu a prosa, acenando para alguém que acabava de entrar. Os dois olharam para a porta ao mesmo tempo. O recém-chegado acenou para Josué e Pedro identificou logo a cicatriz em seu rosto. Como previsto, dirigiu-se direto ao balcão, enquanto Mazinho se movimentava pegando garrafa e o copo de beber pinga.

Josué apontou, avisando a Pedro que aquele era o amigo que estava esperando. Que só não o convidava para sentar com eles, porque Cicatriz só bebia em pé, e escorado no balcão. Que não reparasse, não era desfeita.

"Claro, claro. Cada um com sua mania", Pedro disse.

Josué se levantou e foi ao encontro do outro. Enquanto matutava qual seria o melhor momento e o ângulo perfeito para agir, Pedro viu Mazinho pegar mais um copo de pinga e servir a Josué. Viu quando ele e Cicatriz brindaram. Depois gelou vendo que os dois se dirigiam à sua mesa.

Continuou gelado e petrificado, enquanto Josué puxava duas cadeiras, sentava-se em uma e oferecia a outra ao visitante, antes de fazer as apresentações.

"Cicatriz é um grande novo amigo. Pedro é meu amigo de infância".

Cicatriz só balançou levemente a cabeça, e Pedro viu que não seria necessário aperto de mãos. Coçou levemente as costas, conferindo a arma encaixada na lombar, enquanto Josué ia direto ao assunto:

"Deu tudo certo com o serviço em Bom Jesus, Pedro?"

"Sim. Graças a Deus", Pedro respondeu, ameaçando gaguejar.

"Mas esse aqui não dará certo, amigo", Josué cortou, ríspido. "Ponha o revólver em cima desta mesa, sem qualquer movimento que possa nos assustar".

Pedro colocou a arma em cima da mesa e Josué a recolheu imediatamente, colocando na cintura.

"E agora?", perguntou.

"Você vai até o balcão, paga a cerveja a Mazinho, depois nos acompanha".

"E para onde vamos, Josué?"

"Primeiro, passaremos na casa de Seu Júlio, para você devolver o dinheiro do adiantamento. Depois vai dar uma voltinha com a gente".

"Vão me mandar para o inferno, não é?"

"De jeito nenhum. Cicatriz é um sujeito muito religioso".

A PRIMEIRA VEZ

Eu jogava futebol de botão no piso da sala quando a ambulância freou na porta de casa. Minha mãe estava no quarto com Dona Carmen, a vizinha rezadeira. Soltava uns gemidos como se fosse uma ovelha parindo, a reza de Dona Carmen parecia novena de velhas misturada com cantoria de meio de feira. Não dava para se entender nada, mas a gente sabia que era para expulsar o demônio do corpo.

O cheiro forte das folhas de guiné inundava os corredores.

Os dois enfermeiros pularam da ambulância de caras amarradas. Carregavam lençóis e cordas, como se fossem caçar um bicho brabo e não socorrer uma doente. Passaram com indiferença por cima dos meus botões de casca de coco, bagunçaram toda a arrumação dos times, e pediram à minha irmã que se afastasse da porta do quarto e fosse chorar na cozinha. Levantei-me para reclamar, não tinham o direito de falar assim com minha irmã, mas acho que nem me ouviram.

De repente minha mãe parou de urrar e se deixou

carregar sem protesto, mansinha feito um boi castrado, um dos homens com o tufo de algodão amassado contra o nariz dela, deixando um rastro pela casa de álcool misturado com não sei o quê. Deitaram minha mãe na maca e a enfiaram pelos fundos da ambulância, que nem vi enfiarem o caixão com Seu Antônio Sapateiro, morto, lá na gaveta do cemitério.

A lembrança me entristeceu tanto que nem quis mais continuar a partida.

Dona Carmen deixou o quarto, segurando o galho com as folhas de guiné agora murchas, sem soltar mais cheiro nenhum. Minha irmã começou a arrumar a bagunça que nossa mãe fez no quarto, ainda fungando do chororô. Tia Zefa chegou, trazendo comida numa vasilha de plástico:

– Trouxe procês. Sei que não comeram nada até agora.

Juba enfiou a cabeça pela porta entreaberta, perguntou se eu queria bater uma bolinha. Eu disse que não. Perguntou se poderia jogar botão comigo. Eu disse que não queria mais jogar. Ele abaixou a cabeça e deu meia-volta.

Meu pai continuava na venda do outro lado da rua, sentado no tamborete, pernas estiradas para frente, pés enfiados na sandália havaiana, copo de cachaça na mão, assistindo à cena como se não fosse nem com ele.

Foi naquele dia que senti, pela primeira vez, vontade de matar o meu pai.

Como num quadro sacrossanto

– Deus me perdoe, mas parecia que eu estava diante do quadro da Virgem e o menino Jesus – o delegado repetia.

Na volta da praia, naquela manhã que nada prometia, os olhos dela cruzam com os olhos que a observam do outro lado da rua. Espera o sinal fechar e atravessa a pista. Ele parado. Os olhos anunciando que iriam ao seu encontro.

Ela quer perguntar quem é, de onde veio, o que faz ali? Mas antes mesmo de abrir a boca ele diz que a esperava.

– Desde quando?

– Desde cedo, quando você passou por aqui, ensolarada.

A mulher pensa em fazer um convite, mas não é preciso. O menino já caminha ao seu lado, em silêncio.

Ela segue à frente, apontando o caminho. Ele a acompanha, feito cachorro que encontra finalmente o rumo de casa. Atravessam a rua e a portaria do prédio, entram no apartamento iluminado, até que se fechem todas as cortinas. Até que caia a tarde, depois a noite, e abram um vinho, e peçam uma pizza, e outro vinho, e ela se pergunte o que está fazendo?

Ele traz na quase ausência de pelos uma inocente promessa de morte. Todos os temores que atravessam as portas e janelas e basculantes na madrugada que os envolve, a irremediável noção de pecado, a falta de noção, os dias e dias que anunciam a chegada do anjo vingador. Ela pensa que mais cedo ou mais tarde vai odiá-lo. Ele beija o ódio em sua boca, suga a cólera que escorre célere pelo pescoço e molha o peito. Lambe o pescoço dela, o vão entre os seios, a barriga que treme nas veias do umbigo, o sexo que se desmancha feito uma fruta.

– O seu veneno me embriaga – diz, com o sorriso mais falso e canalha do mundo, do jeito que ela começa a aprender a gostar.

Ele nada nas águas do seu corpo, ao mesmo tempo em que se esparrama na piscina, mergulha no sofá e se seca nos lençóis. Como se a afogasse, misturando cerveja com presunto, uvas, ovos, melancia, amassando a polpa da fruta com os lábios e deixando escorrer pelo pescoço e o peito o suco vermelho que ela trata de beber avidamente, percorrendo todos os invernos cavernosos do verão, descendo mais, querendo descer ainda mais, enquanto ele empurra sua cabeça para cima, seu corpo para o lado, e diz que vai tomar banho.

Ela não o conhece, não sabe se é serra ou serpente. E esse mundo anda tão perigoso. Ele sorri. Diz que é verdade, a mais pura das verdades, o mundo anda muito perigoso. Também não a conhece, e está morrendo de medo do que pode lhe acontecer.

– O pior, claro, sempre acontece o pior nessas ocasiões, o mundo está cheio de histórias assim – ela geme.

– Você quer que eu vá embora? – ele pergunta.

Ela responde que sim. Ele diz que não demora, e já começa a arrumar a mochila, colocando lá dentro a bermuda, a camiseta, a sandália de dedos, o livro, o caderno, a caneta, o pente, a escova de dentes e a carteira de dinheiro sem dinheiro. Assim, tudo um. A outra bermuda e a outra camiseta, únicas peças que tem duplicadas, já estão no corpo, juntamente com o tênis.

Ela observa os movimentos dele, fingindo indiferença, assobiando e fumando, como se não tivesse o coração em frangalhos. É quando ele pede um beijo de despedida, apenas um beijo, e tudo recomeça da tempestade, como uma catástrofe, uma vertigem, uma corredeira. E se pergunta quando vai aprender, será que um dia vai finalmente aprender?

Ele diz que estava mesmo na hora, já não se sente bem ali. Ela se atira nos braços dele, aos prantos, não sabe onde estava com a cabeça.

– Se você for embora, não sei o que será de mim.

Ele levanta o corpo dela, abraça-a pela cintura, carrega-a até o quarto e a atira na cama, de um jeito que ela fica sem saber se o gesto foi de carinho, de indiferença ou de repulsa.

Então ela o fotografa de diversas maneiras com a câmera do celular, dizendo que é para compor a próxima instalação que fará em Paris, que se chamará O menino nu. Em Paris, já pensou? Seu corpo em Paris. Não só sem roupas como entre os lençóis, mergulhado nos travesseiros, com a cueca nos ombros, a calcinha dela entre os dentes, e até uma *selfie* com ele aconchegado em seu colo, a cabeça mergulhada em seus peitos.

Ela vai até a imensa janela de vidro, de onde contempla o mar e se vê lá embaixo, na areia, o corpo ainda jovem e vigoroso, bronzeado, explodindo no biquíni minúsculo. Ali estão todos os vendedores de mate e de limão e de biscoito que cruzam o passado para lá e para cá, outros meninos tão lindos quanto o que cochila em sua cama.

Então se vê novamente voltando para casa, ainda menina, e da janela olha para trás em direção à porta, para ver se aproximando a lembrança mais amarga, aquela que o tempo tragou. Mas quem se aproxima é ele, de passagem em direção ao chuveiro, toalha enrolada na cintura, abraçando-a por trás e perguntando:

– Por que você está chorando, coração?

Ela diz que chora porque não consegue segurar o tempo. Porque a menina que um dia habitou o seu corpo está tão longe, foi embora sem se despedir. Porque as despedidas, como as do pai e da mãe em seus leitos de morte, também não valem a pena. E porque sabe que ele irá embora tão logo acabe a festa e antes mesmo que os músicos recolham os instrumentos.

Ele vai à janela e fica balançando a cabeça como se acompanhasse o movimento das ondas. Ela diz que caso ele pense na alternativa do roubo seguido de morte, não precisa revirar o quarto, desarrumar as gavetas nem quebrar objetos, pois o cofre está aberto e as joias moram na mesinha de cabeceira. Ele sorri e diz que ela é mesmo maluca, vive no passado, não sabe nada dos apavorantes amores modernos nem conhece os seus métodos. Depois sussurra:

– Não se assuste comigo, moça das cavernas, eu sou apenas um moleque carente.

– De rua? – ela pergunta.

– Das ruas – responde ele.

Depois do tradicional discurso para os gravadores, onde enfatiza "a beleza física estonteante do jovem, a letalidade do veneno utilizado e a frieza da assassina", o delegado diz que no celular encontrado entre o colchão e a lateral da cama havia fotos inocentes, indecentes, lúdicas, cínicas, românticas e até sacras – como a que mandou fazer cópias em papel e distribuir à imprensa: o casal reproduzindo teatralmente a cena do quadro de Pompeo Batoni, em que a Virgem Mãe amamenta candidamente o menino Jesus.

Estação Fim do Mundo

– Quanto é a bala de tamarindo? – pergunta o homem.

– Um real o pacotinho com cinco – responde o menino.

O freguês estende a nota de dois. Ele diz que não tem moeda.

– Pego o troco outra hora – o homem diz.

– Não. Pague depois – diz o menino.

– E se eu não te encontrar mais?

– Encontra. Meu ponto é sempre aqui.

*

– Seu Oscar, dá pra pendurar aí um café com leite e um pão na manteiga?

– Pra acertar quando?

– Quando eu voltar.

– Voltar de onde?

– Do trabalho.

– Que trabalho? Desde quando tu trabalha, moleque?

– Desde já. Começo hoje no batente.

– Onde é esse batente?

– Em Botafogo. Numa farmácia. Serviço de entregas.

– Vai chegar lá como, rapaz?

– De Metrô.

– Vai pegar Metrô como? Com que dinheiro?

– Me viro. Conheço um segurança, ele me põe lá dentro. Libera aí, Seu Oscar. O pão pode ser sem manteiga e o café sem leite.

– Toma. Come um ovinho cozido também, pra não chegar lá com cara de menor abandonado e esfomeado.

– Valeu, Seu Oscar. O senhor é um pai pra mim.

– Deus me livre!

– Brincadeira.

– Vai à luta. Deus te acompanhe.

*

Segunda-feira, comecinho da semana, e ele já sentado no banco de madeira onde passou a noite, diante do ponto de ônibus. Motoristas e trocadores se preparam para a labuta, fingindo que não o veem. Ele mantém o olhar parado, janela aberta para o nada, olhando o vento fazer curvas, cara de quem está pensando besteira.

Passa vendedor de coxinha, de cafezinho, peão de obra, balconista de loja, empregada doméstica, todo mundo atrasado. Os ônibus ficando cheios e ele só pensando na mãe, jogada naquele quarto, tossindo sem parar sobre o colchão de espuma, quente de dar dó.

O sonho é arrumar um dinheiro para levar a mãe no médico. E outro para ajeitar o dente podre da frente e arrancar o lá de trás. Também pensa no irmão, que sempre acorda vomitando, fraco para cachaça, porém teimoso. Reclama se não tem pão nem café frescos, o filho da puta mal agradecido.

Empregados de oficina, de lojas de tecidos, pastelaria, restaurante, casas lotéricas, porteiros, pedintes e despachantes descem dos ônibus que vêm do subúrbio e correm pra pegar o Metrô. Gritam, conversam, sorriem, xingam. Ele nem se move. Está assim há vários dias. O tempo todo ali, a mão para lá e para cá sobre o abdômen, alisando a maldita faca, arquitetando sabe-se lá que diabo.

*

– Viver de biscate não é que nem na música, não. Daquele jeito, parece até que é bom – diz a moça, com ar assustado.

Remexia na bolsa, de onde retirou batom e um lenço usado. Começou a fungar:

– Nem todos pagam. Têm uns que querem até bater. O senhor vai pagar?

– Claro. Pare de chorar – diz o homem.

Olhou para ele, esticando para baixo a barra da saia curtíssima, mãos postas, agradecida, como se estivesse diante da imagem do Sagrado Coração de Jesus.

*

Parada entre a barraca de CDs e a de roupas femininas, a vista nublada atrás das lentes sujas, rosto enrugado, a velha estende a mão trêmula e oferece a filipeta de propaganda comercial que distribui.

O rapaz de bermuda e boné pede que lhe entregue logo uma quantidade grande (o trabalho de depositar na lixeira mais próxima é o mesmo), pois assim ela pode se livrar dos produtos e concluir mais cedo a tarefa.

A mulher o olha com estranheza e diz que não, assim não é certo, pois o trabalho foi combinado com o moço de outra maneira:

– Desculpe. Mas é só uma folha para cada um.

O rapaz de bermuda e boné sorri, pega o papelzinho e segue em frente.

*

O menino que vende bala de tamarindo na Estação Fim do Mundo contou ao repórter que acabara de atender o homem, que o homem ainda colocava o pacote de balas no bolso da bunda enquanto lhe passava a nota de dois. Que ele nem recebeu a nota, porque não tinha moeda de um para dar de troco, e o freguês – que ele já conhecia de passar por ali todo dia à mesma hora – poderia pagar depois.

Que bem nessa hora um grupo conversador e barulhento chegava no ônibus da Baixada e corria para o Metrô direção Centro e Zona Sul, ao qual se misturou o rapaz que estava sentado no banco de madeira, já com a faca na mão. Que o assassino, depois de acertar o homem pelas costas, enquanto ele devolvia a nota de dois para o outro bolso, atacou – também pelas costas – o garoto que bebia café com leite e comia pão com ovo no balcão do Seu Oscar.

Que a moça de saia curtíssima ainda fungava diante do possível cliente e começou a gritar, descontrolada, até que a senhora das filipetas a abraçou, com ternura, dizendo "acalme-se, minha filha". Que ele também ficou muito nervoso, as caixas de balas tremendo entre os dedos, enquanto o maluco da faca desaparecia na multidão e o rapaz de bermuda e boné passava a mão em sua cabeça, que nem um irmão mais velho.

Café fraco

> *"O tempo*
> *sempre leva*
> *as nossas coisas preferidas no mundo*
> *e nos esquece aqui*
> *olhando pra vida*
> *sem elas."*
> (Aline Bei, *O peso do pássaro morto*)

Do jeito que me cataram embaixo da marquise me despejaram aqui, sem uma palavra sequer, de explicação ou de consolo. O sujeito fantasiado de enfermeiro só abriu a boca para dizer "Espera aí no banco, a moça vai fazer sua ficha". O que tinha as chaves da ambulância na mão não disse nada, e logo voltou ao volante.

Quando cantaram pneus de novo, certamente para recolher outros infelizes pelas calçadas, a mocinha se aproximou com a prancheta e a caneta na mão, começando a fazer perguntas. Se eu tinha família, moradia, doença grave, e eu tudo não, não, não.

Na verdade, era tudo sim, sim, sim. Mas naquele momento era melhor não mexer com essas coisas. Com certeza ela não iria entender.

Depois me entregou um sabonete com cheiro de nada, e uma toalha já bem usada, porém limpa. E também uma roupa que parecia macacão de mecânico, com um escudo no peito. Perguntei que time era aquele e a moça esboçou um sorriso que pelo menos não era antipático, informando que não era de time nenhum, e sim "o símbolo da instituição".

Pensei em perguntar que instituição era aquela e a moça passou o comando para um auxiliar com cara de cachorro buldogue, que foi logo latindo:

– Bora pro chuveiro, velhote.

Depois do banho me deram um pente, que usei para ajeitar os fios de cabelos brancos. E apontaram na direção do refeitório.

– Lanchinho, chefia – o buldogue rugiu, agora um pouco mais simpático.

Sentei-me no banco de madeira duríssima, diante da mesa também de madeira onde o lanche já estava servido. O cheiro de café e o pão com pouca manteiga me encheram a boca de água e fizeram o pensamento buscar lembranças distantes. De um café mais ralo ainda, porque minha mãe reaproveitava o pó até perder a cor, e de um pãozinho apenas lambuzado; para nossas posses, manteiga era um produto dos mais caros.

O tempo levou a casa e levou minha mãe, mas me deixou com a mania de fazer e de gostar de café fraco. Em casa, a mulher e os filhos reclamam.

Sim, sempre tive casa. Até hoje eu tenho. Mas como explicar essa história à mocinha, sem causar confusão em sua cabeça e ainda correr o risco de ser mandado novamente para a calçada sob a marquise?

O buldogue sustentava o plantão na porta do refeitório, ouvindo música em um celular. Estranhei a demora no retorno da ambulância, perguntei pelos outros.

– Que outros? – ele quis saber.

– Os demais internos. Não saíram para recolher?

– Não vem mais ninguém.

– E os que já estavam antes, antes de eu chegar?

– Não tinha mais ninguém. Todos receberam alta. Uns sortudos.

– Como assim? Sou o único preso?

– Hóspede.

– Você, a moça e a cozinheira estão aqui apenas para "cuidar" de mim?

– Chique, não é? – ele comentou, balançando a cabeça.

Só neste momento me dei conta de que o ambiente não tinha janelas.

– Vou acompanhá-lo aos seus aposentos – disse o buldogue, com mesuras exageradas.

Abaixei a cabeça e o segui pelo corredor, com a sensação de estar a caminho do matadouro. Depois de me mostrar a cama de cimento, a pia mínima e o vaso sanitário, ele disse que o café seria servido às sete da manhã.

– Pode ser fraco e com leite? – eu perguntei.

Ele apenas sorriu e fez correr as grades. O quarto também não tinha janelas, se hoje já não me falha a memória.

O AMOR É MAIS FRIO QUE A MORTE

Não há nada mais triste do que cemitério em dia de chuva. É mais difícil velar e enterrar alguém nessas ocasiões. Parece que o morto fica mais rígido, mais tenso, caprichando no ar solene, melancólico e nostálgico, com frio na ponta do nariz.

Será que sentem frio?

Era o terceiro enterro a que eu comparecia nos últimos meses, pois no bairro onde me criei as pessoas têm morrido muito ultimamente. Dessa vez, se tratava da mãe do meu amigo Minhoca, que eu conhecia desde menino. Gostaria de ter ido sozinho, pois tinha muita consideração por Dona Lurdes, a vida inteira uma boa e fiel amiga de minha mãe. Mas me vi praticamente obrigado a acompanhar o chefe, Tonhão. Ele sabia que era o momento ideal para encontrar o filho da defunta.

Ficamos atrás do mausoléu de um sujeito que devia ter sido muito rico, parecendo com aqueles chalezinhos de filme europeu. Tinha uma varanda, que usamos para nos proteger. Imaginei que lá dentro deveria existir até suíte com vaso sanitário de ouro. Poucos vivos têm direito a uma casinha tão jeitosa.

Observamos as pessoas que se aproximavam. Umas de guarda-chuva, outras vestindo capas de plástico, algumas enfrentando os pingos com cabelos escorridos na testa e lenço na mão. Logo avistamos Minhoca, chegando de mãos dadas com um moleque que deveria ser filho dele – também magro, alto, de cabeça pontiaguda feito um alfinete. Com certeza herdaria o apelido do pai.

Trajava camisa xadrez e calça boca de sino. Ninguém usa mais calça boca de sino, mas o Minhoca sempre se vestiu mal. Durante muito tempo foi motivo de chacota no ginásio. Assustou-se quando nos viu, arregalou os olhos e esticou o pescoço, ficando ainda mais parecido com uma minhoca.

– Vocês aqui?! – gaguejou.

– Viemos empenhar solidariedade ao companheiro neste momento de dor. Amigo é para essas coisas – disse o chefe, cínico que só ele.

– Tudo certo contigo, escritor? – Minhoca perguntou, olhando para mim, desconfiado.

– Comigo está – eu disse.

Tonhão fez aquele ar que faz quando está entediado, parecendo que vai arrotar. O olhar varreu o interlocutor de cima a baixo, antes de dizer sem muita convicção:

– Meus sentimentos.

O imitei na hora. Mas fui sincero:

– Meus sentimentos, Minhoca. A Dona Lurdes estava doente?

— Não. Foi de uma hora para outra. E Dona Laura, como vai?

— Mãe tá boa — respondi.

O chefe nos observava. Minhoca pediu, humilde:

— Vocês dão licença? Preciso ajudar minha irmã com a burocracia dos papa-defuntos.

— Claro — Tonhão respondeu. — Mas depois do enterro estamos esperando você aqui, atrás desse palacete.

E esboçou um sorrisinho falso. Minhoca se afastou e ele virou-se para mim:

— Será que pode fumar aqui?

— Acho que sim, chefe. Os mortos não reclamam — e anotei também essa frase.

Tonhão acendeu o cigarro. Ficou puxando e soltando fumaça, olhando para o céu. A chuva dera uma trégua.

— E o livro, como vai? — Tonhão perguntou.

— Que livro?

— O que você escreve com essas anotações.

— Não estou escrevendo ainda não. Por enquanto, só tomando notas.

— O Minhoca te chamou de escritor.

— Apelido de infância. Quando pequeno, eu falava que ia escrever muitos livros. Só para impressionar os amigos.

— Escreveu algum?

— Não. Mas anotei um bocado.

Ficamos um tempo olhando para o tempo, sentados

no batente dos fundos do mausoléu. Tonhão fumando e eu escrevendo sobre os tipos – roupas, a fala, maneira de andar – que deixavam o cemitério. Minhoca se aproximou, sem o Minhoquinha:

– Preciso de um prazo maior, Tonhão – foi logo gemendo. – Não consegui quase nada. O pouco que pingou eu gastei com o funeral.

O chefe não deixou nem ele terminar a frase:

– Desculpa, irmão, mas não posso sair daqui de mãos abanando. Sabe que não depende só de mim. Faço a minha parte.

Minhoca me olhava, angustiado, pedia ajuda. Deus me livre de contrariar o chefe. Peguei minha caderneta e registrei:

"O tempo vai fechar".

Minhoca voltou à carga, trêmulo:

– Negocia lá, Tonhão.

– Nesse ramo não se negocia, parceiro – foi a resposta. – Cumpre-se o combinado. Você já deveria saber. Vamos ali comigo.

Pegou Minhoca pelo braço e o carregou para a tal varanda, que a essa hora já estava no escuro, fazendo sinal para que eu ficasse parado. Voltou um tempinho depois, sozinho e esfregando as mãos:

– Isso aqui está um gelo!

– Não sei como os mortos aguentam – eu disse.

– Eles estão melhores do que nós, em alguns aspectos. Um deles é não precisarem mais amar a ninguém, como diz o samba.

– E qual o problema de se amar a alguém, Tonhão?

– O amor é mais frio que a morte, escritor.

Peguei papel e caneta.

– Boa frase – eu disse.

– Não é frase. É título de um filme.

Ficamos um tempo em silêncio.

– Tudo certo, chefe? – perguntei.

– Tudo. Certíssimo.

– O que aconteceu com o Minhoca?

– Tenho uma boa história pro seu livro. Vamos sair desse lugar, tomar um conhaque lá fora.

Na porta do cemitério ele deu a mão para o táxi. O rádio, sintonizado no noticiário, contava o que vai pelo mundo. Pediu ao taxista, com uma delicadeza que nunca ouvi em sua voz:

– O amigo pode mudar de estação? Só tem notícia ruim.

Eu repeti a pergunta:

– O que aconteceu lá dentro, Tonhão?

– Calma, escritor. Eu vou contar. Pode começar a tomar notas.

Peguei a caderneta e ele riu:

– Negociei com o Minhoca. Você sabe que eu sou do bem, não sabe? Transborda amor desse coração que parece tão frio.

O ÚLTIMO *POST*

Eu poderia ter resolvido o assunto no tuíter, com menos de cem caracteres, algo como *Quando vocês acabarem de ler isto aqui, eu terei acabado com tudo*, mas ficaria faltando alguma coisa.

Terei acabado com tudo. "Tudo" o quê?!

Escrever é tão difícil quanto viver.

No momento exato em que redijo esse post de despedida é dia trinta e um de dezembro de dois mil e vinte, quase meia-noite, e sou um dos sobreviventes recém-nascidos depois de nove meses no útero escuro de um confinamento forçado.

(Isso ficou bom.)

Último dia do ano e não há fogos na praia nem em volta da lagoa. O bilhete de despedida que a companheira deixou está em cima da mesa, me olhando com cara de sacana. A garrafa de vodca dá os últimos suspiros e Ivete Sangalo grita na televisão que "Vai rolar a festa, vai rolar"!

Que festa, abestada?!

Pego a porra do bilhete, já manchado de álcool, cinza e café, e leio pela milésima vez a frase intrigante:

Eu vou em busca da felicidade, escritor!

Sinto uma ponta de ironia desmoralizante nesse "escritor". A que bosta de felicidade ela se refere? Como sair à procura da felicidade, com uma máscara de pano atravessada na cara e um vidro de álcool em gel na mão? E se ao invés de encontrar o infeliz que a tirou de mim, prometendo dias melhores, ela for encontrada pelo vírus do mal que continua por aí, à espreita?

Dias melhores. A inocência comove.

A faca amolada esteve ali na cozinha, o tempo inteiro, mas a ingrata esperou justo o último dia do ano para usar em minhas costas (se tivesse tempo para reescrever esta mensagem, eu mexeria nessa frase; ela está muito piegas. E "ingrata" eu não leio, nem ouço, desde as canções do Waldick Soriano).

O celular faz um barulho esquisito e me dou conta de que deixei a moça do telessexo falando sozinha; que a ligação já dura algumas horas e vai custar uma fortuna; e que ninguém vai pagar por ela, porque quando a conta chegar eu já terei partido.

Encosto o aparelho no ouvido no momento exato em que a voz suave e derretida está dizendo que quer me ver ao vivo, "peladão, com esse pinto enorme" (segurei o riso nessa hora) e que espera que eu possa levá-la "à loucura".

Então me lembro do velho amigo jornalista, bêbado na mesa do restaurante, declarando-se para a colega de trabalho:

"Se você gostar de pau mole, prometo levá-la à loucura".

Gargalhadas gerais. A moça cobrindo o rosto com as palmas das mãos (dedos abertos para acompanhar a cena). O garçom e amigo se equilibrando com a bandeja pelo corredor, contendo o riso para não entornar os chopes. O universo reconstruindo-se "sem ideal nem esperança", porque embora faltasse Fernando Pessoa na mesa, era um tempo em que havia poesia em tudo.

Até no pau mole.

Prometi não pensar mais no assunto, mas o pensamento fica espetando a raiz do chifre: onde minha mulher conheceu o infeliz que a levou ao encontro da tal felicidade? Como eu, ela também ficou esses meses todos confinada. Aparentemente, a troca de mensagens durante a madrugada era com amigos próximos e alguns parentes.

Taí o argumento que me faltava: o conto da mulher que conhece o amante na internet, enquanto o marido vê futebol, fala mal do presidente e se debate para escrever histórias em meio ao caos. Esse eu ainda não escrevi, embora outros já o tenham escrito. Só que, no meu caso, seria baseado em fatos reais.

Mas agora não há mais tempo. Busquem na obra de outro. Por aí está cheio de escritor que, como eu, deita falação só sobre o que deu errado. Vou refletindo sobre o tema e esbarrando na pia e no fogão, enquanto ponho uma banda de pão puro para esquentar.

"Não tive filhos, não transmiti a nenhuma criatura o legado de nossa miséria".

Por conta dessa mania besta com a literatura, a paixão por Machado de Assis e pelo seu Brás Cubas, não fui pai nem tenho mais disposição (vamos chamar assim) para ser. Portanto, nenhum rebento a quem possa estar implorando por uma visita, nesta hora dura, e ouvindo dele a desculpa esfarrapada, porém perfeita e oportuna, de que não vem me visitar por recomendação científica.

É que sou "grupo de risco".

Grupo de risco somos todos nós, baby, do nascimento ao último suspiro.

Mas o post de despedida está tomando um caminho que eu não queria, por isso volto à moça do telessexo e à última dose da vodca que me espera, feminina e generosa como só as garrafas sabem ser.

"Fale alguma coisa", diz a voz melosa do outro lado.

"Estou triste e bêbado".

"Como você está vestido? Só de cuequinha? Hummmmm", insiste.

"De pijama".

"Estou nuinha... O que você sente, ouvindo minha voz?"

"Cheiro de queimado! É a porra do pão..."

Corro à cozinha e, quando volto ao telefone, escuto só o barulhinho de ligação interrompida.

Se nem a moça do telessexo me aguenta, eu é que não vou tentar.

Desisto. Sei que amanhã não estarei mais aqui.

E se estiver, estou perdido, porque a conta do telefone será impagável.

Mortos na cabeceira

E esse medo de ir para a cama?

Medo dos suores noturnos. Dos pesadelos.

Medo de tanto medo. Mesmo assim, me arrasto da sala de TV até o quarto. Esfrego com o pano embebido em álcool a mesinha de cabeceira, por dentro e por fora, na tentativa inútil de eliminar resquícios dos mortos.

Eles insistem em me amedrontar.

Durante a madrugada, separados por alguns quilômetros e unidos pela mesma dor irmã dos tempos pandêmicos, o ator de cabelos brancos e rugas etéreas e o compositor de cabelos brancos, olhar terno e fraterno, foram ao encontro que não haviam marcado. Um não aguentou ver passar tantas vezes, sob a janela, a procissão, o barulho medonho, o cheiro de carne podre. O outro partiu na carruagem de ferro que circula pelas ruas, pelos guetos, pelos desassossegos que nos vestem com túnicas negras no desfile macabro.

Estou acordado. O velho ator sorri, ainda com a arma na mão. O compositor acena para mim e pergunta:

"Para onde estão me levando?"

Quem dera uma resposta.

Ouço a carruagem de ferro gemendo lá fora. Os cânticos que lembram incelenças de infância. A cantilena:

"Deus engendrou um ovo, o ovo engendrou a espada, a espada engendrou Davi, Davi engendrou a púrpura, a púrpura engendrou o duque, o duque engendrou o marquês, o marquês engendrou o conde, que sou eu", repete o maluco do bairro, que também tem barbas longas, brancas e desarrumadas.

O quarto ainda escuro. A manhã ainda escura. Escuro o mundo, o sonho interrompido pela fumaça escura, tão escura a escuridão da alma.

Aumenta, a cada dia, o número de mortos em minha cabeceira.

Contam que o maluco é um leitor voraz de Machado de Assis. Conhece toda a obra do bruxo. Nos dias tenebrosos, entre máscaras e medo, ele sobe e desce ladeiras repetindo que Capitu não traiu Bentinho.

"Não traiu! Não traiu!"

Quem já o conhece, não estranha. Apenas faz uma reverência e respeitosamente confirma:

– Não, não traiu. Jamais.

E ele:

– As desgraças do mundo são o ciúme, a inveja, o medo e o vírus. Qual a maior delas?

– O vírus – arrisco.

– Errou! É o medo.

Mais de vinte anos de casados e não reparara que minha mulher era vesga. Até o dia em que ela me olhou, tão próxima que a sentia quase dentro do meu olho, e disse:

– A partir de hoje, e pelo tempo que durar a pandemia, você vai ter que revezar comigo nos cuidados com a casa, preparo da comida, lavação dos pratos e dos panos, arrumação da cama.

Começo pelo banheiro. Lá está o vírus e sua máscara no espelho.

No mesmo dia (um dos dias mais duros, tristes e arrasadores da peste) em que leio nas redes sociais apelos para que todos fiquem em suas casas, que não se ponha a cara do lado de fora, pois o momento é terrível, vejo no telejornal depoimento do trabalhador autônomo, enquanto oferecia aos passantes os pacotinhos de biscoitos de maisena:

"Medo?! Sim, muito. Estou me borrando de medo. Mas essa é a única saída que tenho para tentar ganhar uns trocados. Não consegui me cadastrar para pegar o dinheirinho que o governo liberou. Acho que além de informal, sou invisível; além de invisível, inexistente. A fome é maior que o medo."

– Vem dormir, meu amor – a vesga me chama.

Rezo para que ela não se aproxime da mesa de cabeceira.

O maluco segue o seu caminho, casmurro, repetindo trechos do *Alienista*, onde encontrara o personagem preferido:

"Deus engendrou um ovo, o ovo engendrou a espada, a espada engendrou Davi, Davi engendrou a púrpura, a púrpura engendrou o duque, o duque engendrou o marquês, o marquês engendrou o conde, que sou eu", repete.

– O que você quer dizer com isso? – pergunto.

– Eu, nada. Não são palavras minhas, e sim daquele sujeito.

– Qual?

– O lunático do Machado.

– Que Machado?

– De Assis.

– Machado de Assis enfrentou o vírus espanhol?

– Não. Morreu dez anos antes, em 1908.

– Deu sorte. Ele era lunático?

– Não. O personagem que era.

– Sei.

– O ovo de Deus que engendrou Davi... Compreende?

– Acho que sim. Mas o que isso tudo tem a ver com o vírus?

– O segredo e o mistério não estão na vida, e sim no ovo.

– Não entendi.

– O ovo de Deus. Talvez essa peste podre seja apenas mais um ovo goro que Deus pôs no mundo.

– Bonito isso.

– Leia Hermann Hesse. Ele diz: "A vida de todo ser

humano é um caminho em direção a si mesmo, a tentativa de um caminho, o seguir de um simples rastro. Homem algum chegou a ser completamente ele mesmo; mas todos aspiram a sê-lo, obscuramente alguns, outros mais claramente, cada qual como pode. Todos levam consigo, até o fim, viscosidades e cascas de ovo de um mundo primitivo."

– Em minha mesa de cabeceira tem mortos empilhados – eu digo.

– Onde?

– Em minha mesa de cabeceira.

O louco balança a cabeça e segue em frente.

"Mais um", deve estar pensando.

A fome, o medo, o noticiário tirando a fome e espalhando o medo. Minha mulher, que sempre foi linda e teve olhos lindos, agora me olha vesgamente e recomenda que eu pare de acompanhar o noticiário.

– Essa obsessão só piora as coisas.

Aumenta, a cada dia, o número inconveniente. Amontoam-se na gaveta do criado mudo, nas páginas dos livros que tento ler, sob a luz do abajur, em meio às caixas dos remédios para todo tipo de tédio, entre o papel e a caneta de onde não sai uma linha, uma promessa, uma palavra. Agarro-me ao futuro, para ver se o presente se enfeita. Mas as reflexões de Ailton Krenak me desarmam:

"Não sabemos se estaremos vivos amanhã. Temos de parar de vender o amanhã", ele escreveu.

A fome, o medo, o amanhã, o medo do amanhã, de não existir qualquer amanhã, a certeza ou a dúvida de que o fim pode estar muito mais próximo do que imaginamos. O olho vesgo de minha mulher a atravessar como uma agulha os meus pensamentos:

Acordo molhado de suor, o pijama grudado no corpo, depois do pesadelo: corpos se empilham à beira da cova rasa, que apesar de rasa deve acomodar pelo menos três caixões empilhados um sobre o outro, todos colocados em cima de mim, pobre de mim que fico estirado, à espera.

– Tive um pesadelo – gemo.

Em meio ao nevoeiro dos dias duros, o escritor José Eduardo Agualusa sonhou que encontrava Bernardo Soares, um dos heterônimos de Fernando Pessoa, e mantinha com ele uma conversa sobre o estado do mundo e a pandemia. Diz que passeou com o ilustre português inexistente pelas ruas do Chiado, "em lentas passadas melancólicas".

Eu vi Agualusa e Bernardo na caminhada.

"Uma luz fria baixava devagar sobre as ruas desertas. Bernardo instalou-se na cadeira vazia, em bronze, colocada ao lado da estátua de Fernando Pessoa". Ele garante que se levantou no meio da noite e escreveu as últimas frases que ouviu do poeta. Quando despertou, já não se recordava do sonho. Dias depois encontrou a folha de papel com a frase que ouvira:

"O universo também cresce para dentro. É possível ser-se imenso, sendo-se ínfimo."

Dividi com minha mulher o segredo do escritor angolano. Ela vesgueou mais uma vez e disse:

– Bernardo é o mais maluco dos heterônimos de Pessoa. Pelo visto, o Agualusa é da mesma turma. Esse louco seu amigo, com essa obsessão por Machado de Assis, também. O Machado também. E você está ficando igualzinho a todos eles – diz ela, cada vez mais vesga, lembrando ainda da cama para arrumar, a pia que acumula pratos, o lixo que deve ser descartado.

A tragédia deixa as pessoas insensíveis.

Ponho três máscaras na cara, gorro na cabeça, luvas nas mãos e abro a janela. No momento exato em que o maluco dá meia trava, e parece se assustar com minha aparência.

Esqueço que estou de máscaras e sorrio, procurando ser simpático, inutilmente.

– Os tempos estão difíceis – eu digo.

– Bobagem. Sempre estiveram – reage ele. – O segredo, como sempre digo, está no ovo. O ovo de Deus. Você leu o conto do Machado?

– Tenho medo – digo para ele.

– O medo é o mal. O mal é o medo.

E segue o seu caminho.

Pego lápis e papel, não posso deixar escapar esse momento.

Escrevo como quem lateja:

O mal é filho do mal. E neto do mal também. Há muitas gerações que só faz maldades. Até porque precisa justificar a fama de que odeia tudo o que é bom.

O mal tem sangue nos olhos, traz a faca nos dentes. Não remove, apenas soterra montanhas, enche rios de lama, transforma peixes que são vida e alimento em borra, veneno, cimento. Espinhas secas e mortas, margens e imagens tortas. Não bate na porta. Chuta, explode, arromba.

Um corpo amarrado às sondas, um sonho que vira fumaça.

O mal veste corpos de sabres (última moda no desfile macabro do insano e do descalabro) e escombros. A carne do mal se autodevora, levando com ela, males afora, o que um dia foi humano. É suor que não transpira.

Quando o coração se esconde é o mal que bate no peito sem parar.

O mal foi gerado nas entranhas da besta. Herdeiro do obscurantismo, da iniquidade, do desespero. Não sente remorso pela mãe que chora com raiva, pelo pai que chora de vergonha, pelo filho que chora de medo.

O mal é homem (bomba?); não chora.

O mal é a fome, mas não tem coragem de dizer este nome. O chão em que ele pisa arde, pois o mal é, antes de tudo, covarde.

O mal é a doença sem remédio, sem hospital, sem assistência. É a ignorância sem escola, sem futuro, sem esperança. O gemido da criança. O amor morrendo de tédio. O mal é o medo que acordou mais cedo para mais cedo o medo espalhar. Não tem hora nem lugar, te encontra nos becos ou nas esquinas.

O mal é carnificina.

No princípio era o bem. Era a terra em que se plantava e dava, a luz germinava, o sol aquecia sem queimar. O mal invade o lugar, faz o belo de refém, leva no embornal a cora-

gem do homem, a vontade do homem, as certezas do homem, o sorriso da menina.

O mal diz não me reprima. Não conhece fronteiras, não pede licença. O mal não nos deixa mais passear no parque, mergulhar na arte, se esquecer da vida.

O mal nos lembra, a todo instante, que é preciso estar alerta, que o beijo pode ser uma despedida.

O mal é raso, mas fere fundo. É estertor. Prega que "tudo agora mesmo pode estar por um segundo", como o poeta cantou. Desde "O coração das trevas" é o horror, o horror, horror.

O mal não dá um aconchego, não diz durma que isto passa. Grita, esbraveja, ameaça, serve cálices de terror. O mal não cultiva a graça, o afeto, uma flor.

É importante dizer Não temos medo! Mas temos, sim, pois o mal age em segredo.

Deito-me feliz, por ter escrito. Vencido o medo das palavras. Respiro aliviado, agradecido às folhas de papel e à caneta que me ajudaram e que agora, missão cumprida, vão descansar na mesinha de cabeceira, juntamente com os sonhos, os medos e os mortos.

Eles que se entendam.

Herança

A nuvem avermelhada manchava o céu desde o começo da manhã, prometendo que o dia não seria como outro qualquer.

O pai tomou o café às pressas e deu a ordem:

– Bote uma roupa e um sapato.

– Ainda não bebi o meu leite – respondeu o filho.

– Então, beba. E se apronte.

O pai seguia na frente, pisando duro.

O menino ia atrás, feito um canguru, aos pulos, tentando acompanhar os passos apressados das pernas bem mais compridas que as suas.

O pai descia e subia ladeira, virava curva, dobrava esquina, o menino atrás. O pai colava o dedo indicador no anelar, fazia como se fosse uma rodilha que esfregava na testa, recolhendo o suor e atirando longe. O menino observava o pai, o olho espichado, depois o imitava. Mas não conseguia juntar suor entre os dedos.

O menino gostava de ver o pai fazer aquele gesto,

sobretudo do barulhinho que provocava um dedo estalando no outro.

O menino estava com sede, mas não queria atrapalhar a empreitada que unia os dois e ele nem sabia qual era. O cheiro forte e azedo de suor, que vinha quando o pai levantava o braço, lhe dava mais sede ainda.

O pai dobrou mais umas duas esquinas e se preparava para enfrentar uma escadaria às escuras, quando parou e chamou a atenção do filho:

– Agora você vai ver como é que se faz.

Estancou diante de uma casa pequena e de paredes sujas.

Meteu a chave na porta e abriu. A casinha era meio escura, parecendo malcuidada também por dentro.

O pai acenou, convocando-o, e ele foi atrás. Os dois seguiam a chama da luz fraca que vinha do quarto no final do corredor.

A porta do quarto estava semicerrada. O pai acabou de abrir, empurrando com o joelho, e o menino então viu o homem estirado no chão, um braço preso ao armário de aço por algemas.

O homem parecia um bicho. Tinha um olho inchado, machucados na boca, e estava todo mijado. Havia feridas na cabeça, visíveis entre os fiapos de cabelos brancos. Abriu a boca seca, tentando respirar por ela, e o menino notou a inexistência de dentes.

– Quem é ele? – perguntou o filho, de olhos arregalados.

– Não se assuste – o pai recomendou.

O menino ensaiou um choro e gemeu baixinho:

– Estou com pena dele, pai.

O pai grunhiu, de um jeito só seu:

– Guarde os sentimentos e economize tempo, meu filho, que essa peste não merece nenhuma preocupação.

O menino estava trêmulo. As pernas finas parecendo varas de bambu em meio à ventania.

– Ele vai morrer, pai? – perguntou.

– Vaso ruim não quebra fácil – foi a resposta rude.

O homem encarava o menino, espichando o olho inchado, pedindo ajuda. O menino o evitava, mas quando o encarou por poucos segundos achou que ele chorava.

– Solta ele, pai, pelo amor de Deus – implorou.

– Não me peça uma coisa dessas, pois eu trouxe você aqui exatamente para lhe mostrar como é que se faz.

O menino gritou que não queria saber de nada daquilo e foi saindo do quarto, aos soluços. O pai o seguiu, cercando-o no corredor, sacudindo o menino pelos ombros e falando grosso:

– Mas vai ter que saber. Vai aprender comigo, como aprendi com o meu pai. Daqui a pouco eu morro e você vai ter que cuidar dessa desgraça aí, que dificilmente morrerá antes.

– O menino chorava de nervoso e de medo:

– Por que eu?

– Porque é a sua herança.

Quando deixaram a casa, o menino esfregou os olhos

na manga da camisa e olhou para o céu.

A nuvem parecia mais vermelha.

– Vamos embora. Parece que vai chover sangue – disse o pai.

E não disse mais nada.

Mangas vermelhas

Marcaram encontro para o fim da tarde e pegaram o caminho da chácara. Pararam diante do muro, logo depois do portão principal, no trecho onde sabiam que havia alguns tijolos quebrados. Ali seria mais fácil escalar. Ficaram um tempo escondidos atrás do juazeiro grande que tinha em frente à propriedade, contando o tempo para agirem logo depois que o Seu Bonifácio fosse para o armazém e o caseiro se embrenhasse lá pelos fundos, a cuidar dos porcos.

O magrinho usava a camisa de pano remendada no peito e abotoada até o pescoço, calção e tênis. O de cabeça raspada vestia camiseta surrada, calção e sandálias de dedos. Carregava uma sacola de pano debaixo do braço.

– Você está parecendo um sacristão de igreja, com essa camisa fechada até a garganta, como se estivesse se enforcando. E ainda por cima remendada! – disse o careca, rindo do magrinho.

– Remendada, porém limpa – reagiu o outro. – Pior é essa tua cabeça raspada. Parece mais um moleque de rua. Quem fez isso?

– Minha mãe. Tinha piolho – respondeu ele, entregando a sacola. – Toma. Já sabe o que fazer, não é?

– Por que eu tenho que pular o muro de novo? Por que dessa vez não pula você? – perguntou o que parecia um sacristão.

– Porque você tá de tênis.

– Por que você nunca vem de tênis?

– O meu tá rasgado.

– Sei. Muito espertinho é o que você é.

De onde estavam dava para ver o verde e amarelo das frutas na mangueira carregada.

– Pega só as mais graúdas – recomendou o que parecia um moleque de rua.

O que usava tênis fez cara de preocupação:

– Ouvi dizer que Seu Bonifácio contratou um empregado novo.

– Duvido. Aquele mão de vaca?

– E que o sujeito passa o dia aí dentro, é bem mal-encarado e carrega uma arma de fogo na cintura.

– Bobagem. Não se esquece de amarrar bem a boca da sacola e de jogar pro lado de cá. Recolho aqui e fico te esperando, pra gente comer manga até cagar amarelo – disse o cabeça raspada, ajudando o outro a escalar o muro, com a sacola pendurada no pescoço. Voltou a se esconder atrás do pé de juá, escutando o barulho do tênis do magrinho nas folhas e nos gravetos.

Depois de uns momentos em silêncio, ouviu os disparos. Dois. E o barulho de alguém correndo entre galhos. Encostou-se ao muro, para ouvir melhor, e esperou mais um pouco, coração saindo pela boca. Quando se deu conta de que passara muito tempo sem nem sinal do amigo, disparou na carreira a caminho de casa.

Os pais o aguardavam para jantar. Disse que não tinha fome e foi direto para o quarto, sem tomar banho. Enrolou-se no cobertor, escondendo bem a cabeça para não escutar nada. Cochilou e acordou no meio da noite, molhado de suor, com febre, batendo o queixo. Continuou na cama, na mesma posição, até o dia clarear e ouvir o choro da vizinha na sala, dizendo para sua mãe que o menino magrinho não voltara para casa. Que vira quando os dois amigos saíram juntos, à tardinha, carregando uma sacola de pano.

A mãe entrou no quarto, ofegante e abrindo a janela, lhe chamando pelo nome. Ele bateu os olhos num belo pedaço de céu, sem uma nuvem sequer. Não conseguia entender o que as duas mulheres falavam, em meio ao choro, a mente presa na imagem que invadia e tomava conta de tudo, trazida pela febre ou pela imaginação.

Só via o amigo se aproximando, com um sorriso contente que atravessava a parede ou pulava a janela, o botão da camisa apertando o pescoço e a sacola carregada de mangas. Verdes, amarelas e até umas vermelhas que pareciam de sangue.

Ternura

A filha do velho recomendou que eu não usasse roupas "pronunciantes". Acho que ela quis dizer "insinuantes", mas me fiz de desentendida. Explicou que o pai ainda estava "bem disposto" (essa eu entendi), muito interessado "nas coisas". Que ela mesma assinava canal de televisão a cabo, só para ele ter acesso "àqueles filminhos".

– Sabe quais, né? – perguntou.

– Sei – respondi.

O velho acompanhou a entrevista em silêncio, sentado no sofá, olhando ora para mim e ora para a filha. Fiz questão de informar que era casada, bem casada, olhando para ele. A filha pareceu considerar esse dado bastante positivo; o pai não esboçou qualquer reação. Notei apenas que de vez em quando dava umas olhadas para minhas pernas.

A filha notou e também olhou, talvez recriminando porque eu estava de saias.

"Poderei até evitar roupas insinuantes. Cortar as pernas será impossível", pensei.

O velho sorriu.

Não por ter interceptado meus pensamentos. Mas quando eu disse para a filha dele que o ser humano é difícil em qualquer idade.

Ela balançou a cabeça, formal, concordando.

Eu fora recomendada à família pela nora de uma velha de quem cuidei por três anos, até ela morrer. Fui sincera quando perguntada se tinha prática com idosos.

– Pelo menos com idosa eu tenho. Mas tudo nesse mundo se aprende.

O velho gostou dessa frase também. Quando se levantou para ir ao banheiro, a filha comentou:

– Vamos precisar que você tenha muita paciência, sabe? Meu pai é um homem cheio de manias.

– Não se preocupe, sei como lidar. Com o tempo, todos nós vamos ficando assim – eu disse.

A filha balançou a cabeça, pela primeira vez com simpatia. Talvez por ter percebido que eu entendo mesmo do riscado. Despedi-me dela e do pai, deixando tudo acertado para começar a trabalhar no dia seguinte.

Quando toquei a campainha do apartamento, ele veio logo abrir. Estava de banho tomado, roupa limpa e cabelo penteado. Lia o jornal no sofá, de bermuda e sandálias, e a louça do café ainda estava na mesa da sala.

Chamaram à porta e fui atender. Era o porteiro, com a correspondência. Muita coisa. Já percebi que o dono da casa era, ou fora, alguém importante. Desembargador, professor ou engenheiro, algo assim. Coloquei as cartas e pacotes sobre a mesa, ele sentou-se em frente com uma tesoura e começou a abrir envelopes. Fui cuidar da louça, para pensar depois em arrumação da casa e almoço.

Assim a vida segue, no dia a dia. Atendo o porteiro, o zelador do prédio, a fisioterapeuta. Também atendo a telefonemas, quase sempre da filha, avisando que marcou médico, dentista, querendo saber se o pai se alimentou, fazendo queixas e cobranças, discutindo com ele por conta de dinheiro; apesar do narizinho arrebitado, percebi que a madame é praticamente sustentada pelo velho. Problema deles, não tenho nada a ver com isso. Vez em quando é um ou outro amigo que liga. Nessas horas ele demora mais na conversa e ao desligar está sempre de melhor humor.

Quando cheguei ao apartamento, em certo dia, o velho cochilava no sofá, ainda de pijama, a televisão ligada no canal de putaria. Acordou assustado. Perguntei se podia desligar a TV e ele disse que sim. Passou as mãos pelos cabelos e seguiu para o quarto, talvez um pouco envergonhado. Não queria que ele sentisse vergonha por isso. Na verdade, fiquei com pena.

A primeira vez que o velho viu o meu corpo foi sem eu querer. Trocava de roupas diante do espelho do armário, em meu quarto, quando o observei parado na porta. O olhar não era de cobiça nem de assédio, mas de admiração. Como se olhasse para uma santa, uma deusa, sei lá. Só sei que eu estava só com a roupa de baixo quando o vi. Num impulso, tirei também a calcinha, para que ele pudesse me observar melhor. Olhou por mais alguns instantes, tão agradecido, depois caminhou lentamente para o seu quarto. Vesti-me e fui cuidar da vida.

Continuo permitindo que ele me veja trocar de roupas, diariamente, enquanto me preparo antes de ir para minha casa, mantendo a porta do quarto aberta. Sempre o mesmo ritual: ele me olha por alguns instantes, com ternura e gratidão, depois segue para os seus aposentos. Não passa disso. Não avança nenhum sinal. Jamais tentou me tocar.

Continuo me arrumando, confiro no espelho o quanto o tempo tem sido padrasto comigo. Faltam curvas e viço, sobram rugas, gordura, flacidez. Todos os defeitos que somem quando estou exposta ao afeto, admiração, desejo e generosidade dos olhos dele. Estou gostando tanto desse jogo, eu que nunca pensei que isso pudesse acontecer.

Os elogios recentes da filha são empolgados. Diz que está achando o pai muito melhor, mais contente com a vida, sereno, de humor renovado. Diz ter certeza de que é tudo graças a mim. Que precisa me dar os parabéns. Esboço um sorriso discreto e agradeço a ela. No fundo, agradeço é a ele, pelas sensações que sinto e pela vida que estou redescobrindo.

Não tive dificuldade de entender o seu olhar, tão logo a filha se despediu da gente. Segui para o quartinho. Acompanhou-me, sempre discreto. Quando passou diante da porta, eu já tirara toda a roupa. Ele sorriu, feliz. Fiquei de costas e, pela primeira vez, fiz um gesto para que me tocasse. Não saberia descrever a leveza de sua mão em minhas nádegas.

– É tão macia – gaguejou.

A voz era doce e agradecida. Os olhos estavam molhados.

Ao contrário do que a filha pensa, não é exatamente

"nas coisas" ou nos tais "filminhos" que esse homem está interessado. E, sim, na vida. Ou nos mais tênues fios dela. É o que me faz deixar aberta a porta do quarto.

Vou me acostumando e gostando. Do quarto dele vem o som desagradável do acesso de tosse, alguns gemidos. Já vi o filme, a velha começou assim. Desconfio de que logo, logo vou sentir muita falta de tudo o que tenho vivido. E de tudo o que tenho possibilitado a ele viver.

Queima de arquivo

A dupla formada por repórter e fotógrafo que fazia o plantão da madrugada na redação – num tempo em que ainda havia plantões, jornalistas e redações – me tirou da cama antes de o galo cantar. Ao telefone, o intrépido Monteirinho, estrela da editoria de polícia, fazia a convocação que reagi à minha maneira:

– Bêbado de novo, seu puto?! Ou discou o número errado de propósito, só para me sacanear?

O velho homem de imprensa entrou macio:

– Desculpa te acordar uma hora dessas, Lobo. Sei que não é tua especialidade, mas é que ocorreu um crime bárbaro bem embaixo da tua janela.

– Crime bárbaro? Só você mesmo para ainda usar essa expressão. Como assim, minha janela?

– Dentro do inferninho de luxo que funciona no térreo do teu prédio.

– Não é inferninho, desinformado. Trata-se de uma boate de prestígio internacional, frequentada pela alta burguesia da cidade. Nem é coisa pro nosso bico.

– Pro meu, não. Mas pro seu eu sei que é. No subúrbio ou na Zona Sul, esse tipo de ambiente é sempre infernal, Lobo. O que muda é só o saldo bancário dos capetas.

– E o que eu tenho a ver com esse episódio, Monteirinho? Minha área são as artes dramáticas, pombas!

– Eu sei, eu sei, meu amigo. Mas é o teatro da vida em cena. A vítima é um ex-ministro e o assassino, um garoto de programa. Que tal?

– Caceta!

– Pois é. Shakespeare moderno para crítico teatral nenhum botar defeito. Corre lá, parceiro, e apura o que for possível. O fotógrafo já está saindo daqui para ir ao teu encontro.

– Puta que pariu. Eu estava no melhor do meu sono.

– Tira a remela dos olhos e corre, antes que a concorrência chegue ou que a polícia faça uma maquiagem no local do crime. Você sempre quis ganhar um Prêmio Esso de jornalismo investigativo, que eu sei. Escrevendo sobre um trem chamado desejo é que não vai ser.

– Trem, não. Um bonde, ignorante!

– É a mesma coisa.

E desligou.

Uma vez ou outra, por não encontrar mais boteco aberto no bairro, tomei a saideira no Classic – esse o nome do puteiro de grife. O garçom que fazia as vezes de porteiro me reconheceu, mas não demonstrava a simpatia habitual.

– Fechado. Encerramos mais cedo hoje, doutor. Houve um probleminha no interior da casa...

Interrompi a ladainha:

– Probleminha não, Vieira. Deu-se uma merda. Já estou sabendo e preciso entrar. Espero que o amigo não pretenda obstruir o trabalho da imprensa.

– Virou repórter de polícia, Lobo?

– O que a gente não faz pelos filhos, não é?

O corpo estava estirado no centro do palco, quer dizer, da boate, coberto com a tradicional lona preta de plástico. Um dos investigadores em cena eu conhecia de outras temporadas: corridas de cavalo, desfiles de escolas de samba, futebol e vida noturna. Contou que o assassino fez dois disparos, um deles acertando o coração do ex-ministro, depois apontara a arma para clientes e seguranças, abrindo caminho para a fuga.

Deixei o fotógrafo no local do crime, cuidando de retratar o cenário, e arrastei o misto de garçom e relações-públicas do Classic para uma saideira, num dos poucos bares das imediações que ainda tinham a coragem de funcionar nas madrugas.

– Vieira, abre o jogo. O bambambã era frequentador da casa, não é?

– Com mesa cativa.

– Acha mesmo que ele era "menina"?

– Nunca ouvi dizer. Sei que era um perfeito otário, isso sim.

– Por que você diz isso?

– Dava boa vida para uma aventureira de colunas sociais. Sempre que ele estava em Brasília, ela aparecia por aqui, cada noite com um macho diferente.

Bingo.

Esperei o dia amanhecer. Tomei banho, engoli um litro de água gelada e meio balde de café forte, para curar a ressaca, e liguei para um chapa meu em Brasília, amigo de um daqueles caubóis da Polícia Federal. O ex-ministro estava enroladíssimo em escândalo de corrupção e tinha depoimento convocado para a semana seguinte, quando prometia abrir o bico e entregar um monte de comparsas.

No meio da tarde eu procurava informações sobre um autor teatral da moda, cuja montagem de sua peça recente veria logo mais à noite, quando o telefone tocou.

Era do jornal.

Ribeiro, editor da primeira página, queria saber se eu confirmava a manchete que saíra de sua mente genial:

EX-MINISTRO É MORTO POR NAMORADO, EM BOATE DA ZONA SUL!

– Só se você quiser perder o emprego e levar o jornal à falência em processo de danos morais – respondi.

– Como assim, Lobo? – ele gaguejou, decepcionado.

– O cara era espada, Ribeiro. O crime foi político, queima de arquivo. Não tem nada de passional.

– Tá de brincadeira?

– Não brinco com coisa séria.

Contei toda a historinha, mudando os planos sangrentos do editor.

No dia seguinte ele ligou novamente, cheio de nhenhenhém.

– Fez bonito, hein, Lobo?! Quem sabe sabe e nunca esquece. Deixa essa bobagem de teatro e vem escrever sobre a vida.

– Teatro é vida, meu amigo. Os palcos pulsam.

Ribeiro riu. Eu também.

Vou lá embaixo beber uma cerveja com o meu bom e velho amigo Vieira. Chega de criticar a obra alheia. Acho que já tenho uma boa história para estrear como dramaturgo.

A última lembrança

Ele disse que não queria me ver nunca mais, nem pintada de ouro. Que eu era um fardo, um espinho em sua vida. Assim mesmo: um fardo. Um espinho.

Imagine ouvir uma coisa dessas, a essa altura da estrada, de um infeliz que por descuido ou destino lhe deu o seu único filho. A essa altura, quando não se pode mais apagar as luzes de casa e se refugiar no leito dos pais.

Mas nunca é tarde para se enlouquecer.

"Fardo? Espinho? É a última vez que ouço essa blasfêmia de sua boca mal-agradecida", eu gritei, com a faca de cozinha na mão.

"Você está maluca", foi só o que ele disse. E eu confirmei.

A casa dos meus pais tinha paredes pintadas de azul, um azul bem clarinho. E tinha uma escada, janelas, cortinas de tecido fino que o vento fazia dançar à tardinha. Um gato peludo e preguiçoso, um cheiro de chá de alecrim e canela constante. Perfume que não se dissipava nunca. Era o perfume de minha mãe. A casa dos meus pais era alegre como a vida um dia foi.

Ou essa é a casa do meu filho?

Lembro que a casa dele tem paredes pintadas de verde, um verde que parece o das folhas novas no outono. E o perfume? Seria o perfume do meu filho? O meu menino é artista de cinema. Artista cheira bem.

Eu sei que o amor se acaba, que os meninos crescem, que os pássaros voam, as sementes secam, secam os rios, os vales, as lágrimas, o mundo se decompõe, os corpos também, a força murcha, a fúria ameniza, o céu se enche de nuvens e não só quando vai chover. Eu sei que o amor acaba, mas ninguém nasceu para conviver com a morte do amor. Talvez com a inexistência dele, que é o caso de quem nunca o provou, o sentiu.

O amor acaba. Mas "nem pintada de ouro", onde já se viu?

Pais não há mais, paz também não. Apenas as dores nos nervos e nos ossos, o castigo, o tempo passando pela janela às pressas, molhando a vidraça quando chove, ressecando no verão todos os poros e veias e fendas do corpo. Poderia até ir para a casa do filho, que é médico, um médico famoso, quem sabe cuidaria de mim? Mas não posso, a nora me detesta e também acha que sou um fardo, um espinho na vida deles. Fazer o quê?

Duro mesmo foi encarar o olhar do menino, cruz de ferro, feito uma espinha de peixe atravessada, me encarando como se eu fosse uma inimiga, mastigando as palavras com a saliva da angústia:

"Por isso, também por isso, é que você está sendo interditada. Precisa de ajuda".

Nunca precisei de ajuda. Isso deve estar errado, mas acho que o meu filho sabe o que diz. Afinal, ele é fiscal-chefe de serviços gerais do governo federal ou estadual ou municipal. Não sei. Mas sei que é alto funcionário, para meu orgulho e também orgulho do pai. Está até bonito o pai, estirado na cama feito um rei, com a roupa nova que o garoto trouxe e o vestiu. Acho besteira enfiar roupa nova em quem vai para debaixo da terra. Verme não come tecido.

Eu fiz aquela vozinha que as meninas aprendem a fazer na adolescência, quando enganam os pais dizendo que dormiu na casa da amiga:

"Eu perdou você, meu amor. Compreendo o desabafo".

Quando eles crescem o olhar fica duro. Espinhento. O do meu filho parecia uma lâmina acesa, em brasa, rasgando o meu ventre. Eu quero pedir perdão, mas a voz não atravessa a garganta. Digo apenas "deixa estar", e nossas lágrimas se cruzam. Então retiro da bolsa a faca de cozinha, ainda ensanguentada, enrolada em jornal, e entrego a ele:

"Toma. Essa é a última lembrança dos seus pais".

Sei que ele vai me perdoar. Meu filho é puro, ele é padre, um homem de Deus e dos santos, vai me perdoar.

O senhor me explique como e por que não posso ficar presa, depois de tudo o que fiz? Contei o que contei, sem omitir nada, para ser presa. O certo agora é morar aqui, definitivamente atrás das grades, encarcerada, incomunicável talvez, pois interditada eu já fui. Sou uma assassina, Seu doutor. Fria e cruel. Assassina confessa, o senhor entende? Por que não tenho mais idade para ficar presa, se tive idade para cometer o crime? Não posso acreditar no que o senhor está me dizendo. Vou atrás de um bom advogado, que trabalhe por minha prisão. Meu filho é advogado, dos bons. Só não sei se vai aceitar a minha causa. Ele sempre foi muito apegado ao pai.

Decisão

Foi dele mesmo a decisão de se mudar para a casa de repouso – Solar da Amizade, estava escrito na placa de madeira – e também a escolha do asilo.

"Lar de idosos!", a filha corrigiu.

Disse a ela que não se preocupasse. O lugar era bom e suas exigências eram mínimas. "Visite-me de vez em quando", pediu ao filho. "Não passa de um depósito de velhos como outro qualquer", desabafou com o amigo mais próximo, no cafezinho de despedida.

"Mas pelo menos fui eu que escolhi".

E sorriu. O amigo também. Ambos achavam que a vida não deveria ser levada muito a sério.

O fim de semana ia servir para separar as roupas e os poucos livros que poderia levar ("O quarto não é muito grande, pai..."). Os demais, o filho prometeu guardá-los, "com muito carinho".

"Não tenha carinho por eles, tenha curiosidade", pensou em dizer, mas não disse.

Na semana seguinte mandaria os móveis para um

depósito (depois a filha prestativa, sempre ela, veria o que fazer, talvez umas doações) e entregar o apartamentinho alugado que pesava nas despesas.

Não tinha para onde correr e a marcação sob pressão começara com a viuvez. A filha insistia para que morasse com ela, ideia que nem de longe passava por sua cabeça. Não queria cruzar diariamente com a arrogância programada do genro próspero nem incomodar os netos. O filho era solteiro, mas vivia em outro estado, transferido que fora pela empresa onde trabalhava.

"Vida que segue", pensava. E sorria sozinho, repetindo a palavra "vida..."

"Deixa como está, gente".

Deixavam. Mas não poderia ser por muito tempo, especialmente depois da queda.

O tombo, que na família logo ganhou status de queda, foi uma bobagem. Mas virou bicho de sete cabeças. Escorregara no piso molhado, enquanto estendia a toalha no secador de roupas. Deu com a testa no tanque e a sangueira aumentou o drama: hospital para curativos, farmácia para os medicamentos, reprimendas intermináveis da filha.

O filho, felizmente, mantinha o humor:

"Vai desfalcar o nosso time no próximo jogo, meu velho craque".

Depois desse acontecimento, o cerco foi se fechando. Todos em campanha para que trocasse o apartamento "cheio de armadilhas" por um "cantinho sossegado". Acertara ele mesmo preço e condições no tal Solar para onde se mudaria na segunda-feira – não por acaso, primeiro dia de um novo ano.

O domingo foi para o passeio pelos locais da cidade que lhe eram caros. Um café na padaria, idas e vindas em vagões do Metrô, visita ao Centro Cultural que admirava e tornara-se freguês.

À tardinha, voltando para casa, última caminhada pelo parque aterrado e cheio de plantas e árvores que amava, com esticada até a beira da praia, de sapatos na mão. O vendedor ambulante contou aos filhos do homem que lhe serviu uma garrafa de água e viu quando ele jogou os sapatos na areia, antes de começar a se despir. Que tirou toda a roupa e fez ali um montinho no chão, tudo muito bem arrumado, antes de caminhar em direção às ondas.

Que não sabia o que fazer, mas que mesmo assim ainda gritou "Moço, moço, para onde o senhor está indo?". Sem resposta. Acha que o viu olhar para trás, em sua direção, e sorrir. Mas disso não tinha certeza. Que ficou impressionado com a postura ereta, firme e decidida do homem nu em sua caminhada sem volta mar adentro.

Os filhos ficaram tristes e até perplexos, claro. Mas ninguém se sentiu culpado. Foi dele mesmo a decisão, não foi?

A *crooner* do Norte

> *"De tomara-que-caia, surge a crooner do Norte /*
> *Nem aplausos nem vaias: um silêncio de morte".*
> *(*João Bosco e Aldir Blanc*)*

Hoje eu me lembrei de você, Cauby. É que também cantei, cantei e cantei até sentir vontade de morrer, de sumir, de me enforcar no fio do microfone. Que bonito, que dramático, que patético seria. Cantei até ficar com saudade de ti e dos teus titiriris, Cauby. Até vomitar uma pedra imensa que atravancava o peito, até sentir dor e dó. Uma dó de todos nós que nos apertamos nesse camarim de subúrbio, sem pia, sem toalhas, sem água no chuveiro ou na descarga. Sem produto de maquiagem ou mesmo um sabão para retirar a maquiagem. Só a lágrima cinza a escorrer no rosário de cimento e a lavar tudo, da alma à cara.

A cadeira é bamba, mas faço um esforço e me equilibro diante do pedaço de espelho desbotado e quebrado, onde vejo o meu rosto também desbotado e quebrado, meus olhos desbotados e quebrados. Ao lado, as fotos do meu filho e de minha mãe, no porta-retrato, com a frase "Meus dois amores".

Desbotado.

E quebrado.

Ouço vozes no corredor, alguém pergunta se a crooner do Norte já chegou e alguém responde com sorrisos. Para eles, qualquer nordestino é "do Norte". Não sabem que existe Nordeste ou Sudeste. Para eles, ou é nortista ou sulista. Tem muita gente ignorante neste mundo.

Escondo a garrafa de cachaça. É vagabunda, mas mesmo assim não aceito dividir.

"Pede à Patativa da Paraíba para cantar alguma coisinha mais animada. Será que ela não conhece a Comadre Sebastiana? Umas músicas de arrastar o pé? O repertório da Elba? É só choradeira de cortar os pulsos e morrer de dor de corno?"

E os sorrisos continuam.

Ainda me lembro, Cauby: "Alguém oferece a alguém e esse alguém sabe quem", naquele alto-falante da Praça da Matriz, onde o mundo explodia entre as pernas de moça pura de província.

Fecha as pernas, minha filha. Mocinha de família não se arreganha.

Abre as pernas, meu amor. Senão fica difícil.

O pai, depois do malfeito feito:

Vai embora daqui, desavergonhada!

Mas eu só ouvia o ronronar do amante, o cavanhaque no meu pescoço:

"Quem é que te cobre de beijos, satisfaz teus desejos e que tanto te quer?"

"Quem é que esforços não mede?"

Minha mãe, que chorou antes e depois, quando pegou o neto para criar. E eu ali a sonhar, Cauby. Não fui, um dia sequer, a Conceição. Mas só eu sei quem foi que, tentando a subida, desceu.

O mesmo homem de cavanhaque me levou para a pensão de Dona Laura, dizendo tratar-se de uma casa de shows. Puteiro! Da pior espécie.

A cafetina me vestia, me maquiava. Tratava-me como filha, a filha da puta. Eu invadia a sala, triunfal:

"Um cuba-libre treme na mão fria, ao triste strip-tease da agonia (...) Lá fora a luz do dia fere os olhos."

E me pintei e chorei até borrar a cara com a maquiagem barata.

Estão batendo na porta, chamando a arara desafinada e embriagada.

Estou louca para mijar. Vai ser no ralo do banheiro mesmo, pois o vaso está entupido. Esqueci de trazer calcinhas para trocar. Enfio o tomara-que-caia velho de guerra e invado o palco. Surge a crooner do Norte, disposta a sentar a mão na cara do primeiro infeliz desdentado que esfregar as patas em mim.

Sinto vontade de chorar com Dolores Duran, "Nosso destino quem sabe é Deus, é Deus, é Deus. Briguei, não quero mais você, adeus, adeus, adeus"..., até o desgraçado com os olhos vermelhos de álcool, tesão e ódio gritar "Canta Eu não sou cachorro não, sua vaca!" E eu tentar uns passos trôpegos no palco esburacado, enfiar o pé no taco solto e cair.

Dura é a vida da bailarina, da cantora ou da menina.

Quanta saudade de meu filho e de minha mãe, Cauby. Quanta saudade de nós, quanta saudade de ti e de mim. E essa porcaria de remédio com uísque que não funciona?! Já tomei um vidro de um e uma garrafa de outro. Disseram que era tiro e queda...

Deus sabe

Quando minha mãe vinha com a trouxa de roupas descosturadas ou precisando de remendos, eu já ficava nervosa. Teria que levar os panos até a costureira, cujas mãos me metiam tanto medo.

Nos olhos de Dona Lourdes a vida pulsava ao ritmo da máquina Singer, dos moldes e dos cerzidos, do ponto de cruz desenhando o acabamento das horas e dos dias. Ela ganhava a vida – já bem comprida – com a coluna envergada sobre o buraco da agulha. Minha mãe era uma de suas clientes mais fiéis.

Quando eu chegava, Dona Lourdes sempre repetia:

– Aprenda a costurar, minha filha. Para ajudar sua mãezinha.

Eu tinha medo de começar a costurar e os meus dedos ficarem daquele jeito. Poderia ser uma deformação profissional.

Os dedos tronchos e encarquilhados, atrofiados pela artrose, pareciam pequenas garras retorcidas. Impossível imaginar que daquelas mãos, que não conseguiam segurar sequer um copo ou uma xícara, brotassem qualquer atividade delicada.

Minha mãe era a primeira a elogiar:

– Mãos de fada.

Brotavam roupas finas e bem feitas, acabamento delicado e de encher os olhos. Os cotocos de unhas, encravadas e enterradas nas próprias palmas, tornavam-se mãos de ourives no manejo dos objetos de trabalho, na firmeza dos colarinhos, na assimetria dos remendos.

Médicos não tinham explicação para o fenômeno, mas ela as tinha. E nem um pouco fenomenal:

– Deus sabe o que faz.

Eu entregava as encomendas, sem me aproximar demais, para que Dona Lourdes não precisasse pegar em minha mão. Ela sorria e coçava a cabeça com as pequenas garras.

– Não tenha medo, minha filha, as mãos de Deus que fizeram essas minhas mãos assim. Sabia?

Diante do meu espanto, ela insistia, sorrindo:

– Pode acreditar. As mãos de Deus fazem coisa que até Deus duvida.

O ritual se repetia quando eu voltava para buscar os panos, depois do serviço feito.

Hoje me lembro dela, quando os meninos me pedem um ajuste na manga da camisa, para recuperar botões perdidos, uma bainha de calça precisando ajuste. Eles riem com a minha pouca habilidade, com o tempo gasto em qualquer servicinho pequeno.

Minhas lindas mãos de fada não dão conta.

Deus sabe o que faz.

Tempos difíceis

Cenário: Ponto de ônibus
Personagens: Homem Alto, Homem Baixo, Mulher, Motorista do Ônibus

CENA 1

Homem Alto: Com licença. Uma informação, por favor.

Homem Baixo: Pois não.

Homem Alto: O sete, sete, sete para aqui?

Homem Baixo: Sim.

Homem Alto: Obrigado.

Homem Baixo: Não há de quê.

Homem Alto: Demora muito a passar?

Homem Baixo: Não muito. Chega logo.

Homem Alto: Tomara.

Mulher (Para Homem Alto): O senhor vai pegar o sete, sete, sete?

Homem Alto: Vou. A senhora também?

Mulher: Também. Sempre pego.

Homem Alto: Estou pegando pela primeira vez.

Mulher: Vai gostar.

Homem Alto: É bom?

Mulher: É muito bom. Anda rápido.

Homem Alto: Melhor assim. Tenho pressa.

Mulher: Sei.

Homem Alto: O trajeto demora mais ou menos quanto tempo?

Mulher: Depende.

Homem Alto: Depende?

Mulher: De onde o senhor vai ficar.

Homem Alto: Ah, sim, claro. Fico no Mercado Central.

Mulher: Eu também. Demora só alguns minutos.

(Ônibus chega)

CENA 2

(Os três embarcam)

Homem Baixo (retirando uma arma da cintura): É um assalto. Todos quietos! (Para o motorista) Passa a féria!

Motorista: Não tenho nada. É a primeira viagem de hoje.

Homem Alto: Por que você não nos disse que ia assaltar o ônibus?

Homem Baixo: Não enche o saco! (Para o motorista)

Não entrou nenhum pé-rapado hoje nessa carroça?

Motorista: Não. Vocês são os primeiros. Ninguém pega mais esse ônibus. Tem muito assalto aqui.

Homem Alto (Para a mulher): A senhora está muito calma e tranquila...

Mulher: Fazer o quê?

Homem Alto: Sabia que esse sujeito é assaltante?

Mulher: Sabia. Viajo sempre junto com ele.

Homem Alto: E mesmo assim entrou no ônibus?

Mulher: Não tenho nada que ele possa levar.

Homem Baixo: Encurta o papo! Passa a carteira e o celular.

Homem Alto (Entregando os pertences): Taí.

Homem Baixo (Mexendo na carteira): Só isso?

Homem Alto: Estou desempregado.

Homem Baixo: Você também?

Homem Alto: Pois é.

Homem Baixo: O celular também não é grande coisa.

Homem Alto: Não. É de camelô.

Homem Baixo: Tempos difíceis.

Homem Alto: Ô... Nem fale.

Motorista: Mercado Central! Quem desce aqui?

Mulher: Eu!

Homem Alto: Eu também.

Homem Baixo: Também vou ficar aqui. (Para homem

alto) Está indo aonde?

Homem Alto: Vou ver um emprego.

Homem Baixo (Devolvendo a carteira): Toma. Vai precisar dos documentos.

Motorista (Para Homem Alto): Como o senhor vai retornar? Ficou sem dinheiro.

Homem Alto: Não sei. A pé.

Motorista: Espere nesse mesmo ponto que eu lhe pego na volta.

Homem Alto: Obrigado.

Motorista, Homem Baixo e Mulher: Boa sorte.

Homem Alto: Vou precisar.

Cada um sabe de si

Lucinha chega ao trabalho com uma mão no olho e outro na boca, cobrindo o hematoma no supercílio e o machucado no lábio.

– De novo, mulher?!

Eneida. Boa amiga, mas muito intrometida.

Faz que não escuta. Dá início aos seus afazeres, separando apetrechos do dia a dia, lavando recipientes de água, passando flanela com álcool nas cadeiras usadas pelas clientes do salão, quase sempre muito resmunguentas.

As colegas insistem na ladainha que costuma deixá-la aborrecida:

– Larga esse homem, criatura.

– Pra você pegar?

– Deus me defenda – Eneida. Sempre ela.

Deixa que falem. Quem tem boca diz o que quer.

– Não vê que ele vai acabar te matando, Lu? Vai a uma delegacia, antes que aconteça o pior.

As amigas se preocupam, mas nenhuma conhece a fundo o coração de Genival. Por isso o julgam apressadamente. Mas não adianta falar. Até porque o dente não para de doer. Trabalha como pode, secando a lágrima cinza na gola da blusa branca, rádio ligado em cima do gaveteiro, juntamente com esmaltes, acetona, alicates e escovas de cabelo.

"Inferno. Só música triste".

A vida dedicada ao marido e ao filho. Júnior também é nervoso, feito o pai, mas igualmente carinhoso com ela. No fim de semana leva a namorada para comer o macarrão que Lucinha prepara com capricho, elogiado por todos.

Vê que a menina tem mancha roxa na bochecha e pequeno corte no nariz.

– Que foi isso, minha filha?

Pergunta por perguntar. Sabe do que se trata.

A nora abaixa a cabeça e espalha a mão sobre o rosto. Ela pensa em dizer "Vai à delegacia, antes que aconteça o pior".

Concentra-se em tirar os pratos da mesa.

Cada um sabe de si.

Deixa a vida seguir a correnteza e vai se equilibrando entre uma braçada e outra. Só não gosta quando se metem em sua vida, o que nem sempre consegue evitar. Genival é assim mesmo, um dia bom e outro mais ou menos. Só fica difícil nos dias diferentes.

"Se não fosse isso..."

Está cuidando da cutícula de uma madame quando o

celular toca. A vizinha. Ouvira o baque dentro de casa e foi ver do que se tratava. Bateu na porta, ninguém atendeu. Olhou pela janela semiaberta e viu o corpo de Genival estirado na sala, entre o sofá e a cristaleira, olhos abertos para o telhado. Vivo.

Corre para casa e toma as providências: ambulância, hospital público, emergência depois de muita espera, internação. Genival tivera um derrame, que deixou o corpo parcialmente paralisado. Também não conseguia falar. Só aquele olho duro grudado no teto.

Depois de um tempo está de volta, no mesmo estado. Não teria melhora tão cedo. Talvez fisioterapia possa ajudar. Mas pagar como? Genival vivia de biscate e nunca guardou um tostão. Bebia o pouco que sobrava.

– Já arrumou fisioterapeuta pro teu homem, Lu?

– Ainda não.

– Não vai arrumar?

– Vou pensar.

Cada uma que aparece. Ô, gente danada pra gostar de se meter na vida alheia! Onde já se viu?

Genival em casa, jogado em cima da cama. Nos fins de semana, o filho aparece com a namorada de olho roxo. Carrega o pai para o sofá e, antes de ir embora, o coloca novamente na cama.

– Coitado do meu pai.

Pensa em dizer "Está com pena, leva e cuida", mas não diz. Sabe que não vai adiantar. Diz apenas, para cortar caminho:

– Seu pai está bem. Ele aguenta o tranco. É guerreiro.

Vez em quando empurra a cadeira de rodas do entrevado até o salão, que felizmente é perto de casa. Ele fica com aquela boca torta e o olho parado nela, parece que acompanha todos os seus movimentos. Dá até nervoso.

Eneida repara, mas não comenta para não ouvir desaforos.

Lucinha está mais solta, conversa com as colegas, fala alto, parece outra pessoa. Especialmente no batom e no esmalte que sequer usava antes. Anda com umas ideias na cabeça, mas ainda não teve coragem de comentar com ninguém: arranjar um namorado. Um homem bem forte, que possa ajudá-la a empurrar a cadeira, mexer no corpo do marido de um lado pro outro, dar apoio na hora de trocá-lo, essas coisas.

Vai ser difícil achar um macho disposto a essa tarefa. Homem é bicho orgulhoso. Mas quem sabe? Imagina-se até se esfregando com o namorado novo no sofá, bem diante de Genival, só para ver como ele reage. Ou morre de vez.

Se ela tem coragem? Claro que sim. É judiação? Uma pinoia.

Cada um sabe de si.

Cruzamento

Ainda lembrava como se tivesse acontecido ontem do dia em que ela chegou com os olhos duros, aquele mesmo par de olhos que já amolecera tanto diante dos seus, que jorraram correntezas nos olhos dele, e soprou definitivamente a flecha:

– Não gosto mais de você.

Depois de tanta insistência – "Tem outro? Quem é o outro? Desde quando outro?" – com perguntas que a dor de corno leva a fazer, ela disse "Tem, tem sim, você o conhece, é o Silas".

Silas! Logo o Silas. Poderia ser qualquer um, mas justamente o filho da puta do Silas?!

– Você se lembra dele, não é, do colégio?!

Como esquecer o Silas, o maior débil mental da turma e o único que ficou muito rico? O Silas, que tanto se divertiu quando soube que ele quebrara tudo no clube, achou justo que estivesse na cadeia, que comemorou tanto os seus dias de sofrimento no sanatório.

Então ela passeou os olhos agora moles feito lesmas pelas montanhas duras que margeiam Bom Jesus da Paciência, desta vez sem coragem de enfiar o punhal no fundo dos olhos dele, como se descrevesse uma paisagem ao longe:

– A gente se cruza por aí.

Quando se despediu, com os olhos frouxos cheios de lágrimas, o olhar dela novamente duro de ferro e desprezo, foi incapaz de carinho ou piedade, de pedir desculpas, de dizer uma merda qualquer além da que disse ("A gente se cruza." Cruza, sim, você não perde por esperar), ele já tinha em mente a ideia que botou em prática naquela mesma noite: arrumar as trouxas e deixar para trás Bom Jesus, olhos duros, olhos moles, a mulher que o trocou por um imbecil, justo o imbecil do Silas, o pranto de sua mãe, e como dói pranto de mãe, pensar apenas no passado como o futuro que viria em um cruzamento estancado entre duas ou mais ruas, no meio, bem no meio, deste mundo perverso.

Tudo. Menos voltar para o sanatório.

Depois, arrumando a mala com o choro nos ouvidos:

– Não vá, meu filho. Fique, meu filho. Ela não é digna de sua angústia.

Ah, minha mãe, ela era digna, sim, de toda a angústia do mundo.

Ainda lembrava como se tivesse acontecido ontem, enquanto o sinal vermelho piscava e cravavam os olhos um no outro, cada um de um lado da rua, atentos para levantar da calçada e estirar na pista o pé direito – é sempre bom atravessar a rua usando primeiro o pé direito – em direção à calçada oposta, pensando bastante no que dizer quando se cruzassem no meio do caminho.

Ele tinha tanta coisa para dizer a ela.

Será que ela tinha alguma coisa para lhe dizer?

Provavelmente não daria tempo.

Tanto que mal parou de piscar e já se acenderam luzes verdes dos dois lados, autorizando a travessia apressada e assustada diante dos carros que fumegavam e bufavam esperando a hora de cuspir fumaça sobre todos, o sinal recomeçou a piscar em contagem mais uma vez decrescente, agora rumo a novo fechamento.

– Vermelho! Corre.

– Você!

– Você?

– Não está mais em Bom Jesus?

– Não. Agora moro aqui.

– Que coincidência.

– É

– Também moro aqui.

– Eu sabia. Sua mãe me contou.

Vermelho.

Apito.

– Querem morrer, malucos?! Pensam que estão na roça?

Tudo o que ele queria era manter o olho duro bem dentro do olho dela, futucando o passado sinistro, o presente sonso e, se possível, o futuro senil. O outro olho poderia estar perdido no tempo, grudado no túnel do outro lado dela que leva a lugar nenhum, pois nenhum cenário seria mais imprevisível.

Ela diria "Pode olhar, não tenho nada a esconder", com aquela voz que a imaginação retira dos contos de fada, piscando os olhinhos nervosos de gata borralheira, com sedução de mil demônios.

Não. Ela não fez nada disso. Mas ele gostaria que tivesse feito.

– Vamos tomar um café? Tem um expresso quentinho do outro lado da rua.

– É? Um café? Cruzar pra lá novamente?

– Rapidinho, não custa nada, conversar um pouco. E o Silas, como vai?

– Não sei. Não o tenho visto, desde que nos separamos. Às vezes liga pros filhos, mas não procuro saber.

– Sei. Ele ficou muito rico, não foi?

– Ficou. Entrou no mercado financeiro na hora certa, levava jeito para a coisa. E você, progrediu?

– Não. Ciência é diferente, praticamente não tem futuro, com raras exceções. Entrei no negócio errado, na hora errada.

– O que importa é ser feliz. Você é feliz com o que faz?

– Muito.

– Novas pesquisas?

– Sempre.

– Trabalha em quê, no momento?

– No desenvolvimento de um veneno mortal, a partir da saliva de alguns animais peçonhentos.

– Matéria-prima não falta, não é?

– Não. O que mais tem neste mundo são animais peçonhentos.

Ele sorriu da própria frase.

Andaram até o café.

Ele pediu água, copos e dois expressos. Pegou no bolso da calça o vidrinho com o líquido que carregava, fruto das próprias experiências, e pingou no copo dela. Foi ao banheiro. Ao sair viu que estava caída sobre a mesa, com certeza sem vida. Algumas pessoas em volta. Passou como se não conhecesse ninguém ali e seguiu o seu caminho. Nem tomou o café. Queria chegar logo em casa e escrever para a mãe.

Depois precisava encontrar um bom sanatório, para descansar por uns dias.

Os caçadores e a caça

(Um conto de Natal)

Na volta da escola, caminhando às margens da belíssima lagoa que ilumina e transluz no crepúsculo, o menino vê o homem passar correndo.

Apenas mais um personagem sozinho no palco, ensaiando o corre-corre da cidade?

Seria um atleta profissional, desses que rodam o mundo inteiro em intermináveis maratonas? Ou apenas um corredor de fim de semana, que meia hora depois está todo suado, enchendo a barriga de cerveja ou de água de coco?

Os pensamentos do menino são atropelados pelo tropel de outros corredores, que vêm correndo atrás do homem.

Esses parecem bem enfurecidos.

Agora, o homem parece que foge. E apressa o passo, pois está visivelmente amedrontado.

Dispara na frente. Não olha para trás. Nem para os lados. E já começa a demonstrar algum cansaço.

Mantém a cabeça solta no espaço, os pés presos no chão.

A multidão, enfurecida, grita: "Pega ladrão"! Repete: "Pega ladrão"! Agita-se: "Pega ladrão"!

O menino tenta diminuir o pavor que sente, imaginando que é um filme o que se passa. Um homem a correr sozinho. Muitos caçadores e apenas uma caça.

Há tanta gente no caminho, cada um vivendo a cena única do seu próprio mundo. Ninguém se dá conta da mais que humana ameaça (quem se preocupa com os que estão ou com os que passam?).

Quem vai se incomodar com um maluco a correr sem companhia? Com a multidão a gritar enlouquecida? Com uma tarde que, igual a tantas, simplesmente se esvai?

Só o olho do menino parece ver: os pássaros que buscam o ninho. O sol a se esconder, devagarinho.

O homem tropeça nas pedras do caminho e cai nas garras dos predadores de garras afiadas. Que prendem o seu pescoço com um laço. E o arrastam pelas ruas.

Eis o fato consumado, a verdade nua e crua, quando alguém arranca de seu bolso o fruto do roubo roubado: um pedaço de pão bem amassado.

Nos olhos do menino, dança o olhar do homem.

Nos olhos da multidão, nunca se viu tanta euforia. É um pássaro? Um avião? Um atleta campeão? É o mais que disputado troféu, agora de braços e pernas abertos, espetado em cruzes imaginárias.

O homem olha para o céu, desalentado.

E se pergunta se fora mesmo abandonado.

O corpo é carregado num desfile de gritos e de luzes.

Ao fundo, no espelho da linda lagoa que reina indiferente no cenário, o menino vê a imensa árvore que começa a se iluminar.

Cheia de bolas vermelhas, que parecem sangue.

A cor da roupa vermelha do Papai Noel.

E lembra-se de que a tarde já é bem tarde, que daqui a pouco é noite. Que precisará estar em casa, com a família, em volta da mesa, comendo rabanada e recebendo presentes.

Afinal de contas, é Natal.

Os meninos da praça

"Os meninos à volta da fogueira /
Vão aprender coisas de sonho e de verdade".
(Martinho da Vila)

– Vamos acender uma grande fogueira esta noite – disse Zico.

– Por que e para quê? – perguntou Carvão.

– Primeiro, porque é noite de São João, vamos fazer uma festinha para o santo. Depois, porque o frio aqui na praça, nesta época do ano, é de doer. Vai servir também para aquecer os nossos corpos.

– E será que pode? – perguntou um.

– E por que não poderia?

– Claro que pode. Não estaremos fazendo nada de errado – acrescentou outro. – Temos apenas que conseguir a madeira necessária para acender o fogo.

Os meninos da praça vivem na praça e já estão acostumados com ela, com a movimentação constante do dia a dia, todos os dias.

A praça também já se acostumou com eles. As árvores, os bancos, o chafariz já fazem parte da vida deles.

Os meninos pedem comida para comer, água para beber, pedem a um e a outro comerciante da área para usar o banheiro. Agora, vão pedir pedaços de pau secos para acender uma fogueira e comemorar o dia de São João. E vão à luta. São quase donos daquele pedaço de mundo onde vivem, olhando a banda passar.

A banda nem sempre vem, nem sempre passa, mas os sustos marcam presença quase todos os instantes. Às vezes chegam durante o sono, nos pesadelos. Ou durante o dia, com as ofensas e xingamentos que recebem.

Alguns meninos da praça pensam que são sozinhos no mundo. Um ou outro tem certeza. Têm aqueles que possuem pais e mães, mas não sabem onde eles andam. E ainda têm os que sabem, mas, por um motivo ou outro, se recusam a voltar para suas casas.

Têm os que se sentem melhor no abandono. E os que sentem muita saudade dos seus. Na rua, "os seus" são todos. Eles precisam ser uma família, pois é se agrupando que se protegem. E nem sempre contam com a boa vontade alheia.

Certos passantes já os reconhecem. Uns dão bom-dia. Outros trazem um alimento. Alguns espalham sorrisos, o que eles mais apreciam. Outros não os dirigem sequer um olhar. Mas a vida é assim, disso já sabem.

Os meninos se espalham na praça, catando cacos e cavacos. As árvores ajudam bastante, espalhando pelo chão os galhos secos. Que logo viram lenha, solução, brasa e tição. E no centro da praça, a fogueira espalha uma vibrante claridade, fazendo a noite ficar ainda mais bonita.

De repente, o clarão ilumina o rosto de um homem que os observa. A aparência não é das melhores: roupas bem gastas, chapéu amassado e tênis surrados. E ainda carrega uma capanga velha atravessada no ombro.

Mas a cara é boa.

O sorriso é bonito e franco. Os meninos não têm como não corresponder.

– Boa noite, garotada.

– Boa noite. Quem é o senhor?

– Um amigo. Posso desfrutar um pouco do calorzinho dessa fogueira? – pergunta, já se acocorando entre eles. – Em troca da gentileza e da amizade de vocês, divido um lanchinho que tenho aqui.

Abre a capanga e mostra os sanduíches.

Alguns lembram do conselho para não aceitar oferecimento de estranhos. O homem diz que podem aceitar, sem sustos, pois os sanduíches são presente de um comerciante, dono da padaria próxima.

"Um homem bom". Os meninos concordam. E comem bastante, naturalmente.

– Agora vamos conversar um pouco – diz o homem.

– Vamos – diz um dos meninos. – Mas sobre o quê?

– Sobre tudo. Sobre a gente. A praça. A noite. A fogueira.

Deco foi o primeiro a falar:

– Noite de São João me dá uma saudade danada. São

muitas lembranças.

– Lembranças de quê, Deco? – Zico quis saber.

– De minha casa, meu pai, minha mãe, meus irmãos.

– Por que você deixou sua casa? – o homem pergunta.

– Porque era muito difícil viver lá. A comida não dava para todos. E o pai é um homem violento. Bebia muito e batia na gente.

– Será que eles estão melhores com a sua saída?

– Não sei. Mas pelo menos agora tem uma boca a menos na mesa da casa. Mas um dia eu volto. Sinto saudades.

– Também tenho vontade de voltar para minha casa – falou outro menino.

E mais um entrou na conversa:

– Não tenho casa. Eu vivia em um orfanato. Mas se encontrasse um lugar onde morar, bem que gostaria de pertencer a uma família.

– Não vamos transformar nossa noite de São João em choradeira – disse Carvão, que era um menino muito prático. – Rima, mas não combina com fogueira!

E soltou uma gargalhada.

Outros também riram.

– Esse moleque é um poeta – disse Zico.

Riram novamente. O homem também riu.

Então passaram boa parte da noite, até o fogo apagar, conversando, contando anedotas e esfregando as mãos para se esquentarem. Juntos à volta da fogueira, como a ninhada de bacuris encolhidos em torno da fileira de tetas da mãe.

Na praça eles se aquecem e aquecem uns aos outros, esfregando as mãos e o peito. Encolhidos, porém sorridentes no frio de junho. Até que pegam no sono por ali mesmo.

Ao acordar, descobrem que o amigo misterioso se fora. Ficam tristes, mas precisam seguir em frente.

Vez em quando um se perde do outro, porque a praça é também cheia de perigos e labirintos. De sustos, de ameaças, de inimigos.

Noite dessas passou um trem desgovernado, um bonde do mal, e causou estrago: alguns meninos foram espancados por uns loucos, desses que morrem de medo dos que vivem nas ruas.

Daí que de vez em quando até some um. É que às vezes não dá tempo de pedir proteção, nem para o vizinho nem para o céu.

"É agora, bando de ladrões, chegou a hora!"

Aí é uma correria sem fim. Dizem até que Nossa Senhora dos Desprotegidos corre na frente deles, abrindo caminho: um cai no bueiro, outro grita socorro, há quem pise no espinho. Dizem não saber quem foi que guiou os passos, empurrou o pé na estrada, quem foi que o ferro afastou. E todas as dores somem quando se reencontram para fazer a chamada:

– Fulano!

– Presente.

– Sicrano!

– Também.

– Beltrano!

– Aqui estou.

Aí a noite sorri. A chama do fogo clareia cada sorriso com ou sem dentes. E alguém diz amém.

É que os meninos da praça, para quem não sabe, têm nomes:

São Antônio, João, José, Laurentino, Pedro, Paulo, Luis, Vitalino...

Tudo na imaginação deles, que o calor da fogueira ajuda aflorar, pois documento é só uma ideia vaga. Chamam-se mesmo é Zico, Carvão, Azulão, Pé-de-Pato e Coceira.

E riem de ficar cansados. E cansam de ficar apagados.

E aí novamente dormem a noite inteira (às vezes acordam assustados), enquanto a fogueira vai se apagando aos pouquinhos.

Abrem os olhos pequenos tão logo amanhece. Banham-se no asfalto. Secam-se na chuva. De noite, pirilampos. De dia, corujas. E correm pro trampo!

O trampo ou trabalho pode ser limpo ou mesmo arriscado, pois já sabem também que viver é correr riscos.

À tardinha chega novamente o momento de relaxar, de conversar, de trocar ideias. Mesmo mal vestidos, os meninos ao sol são sempre elegantes: trocam elogios, disputam aquarelas.

Um é jogador de futebol. O outro, galã de novelas.

Contam histórias de guerra, do céu e do mar, da China e da Síria: tudo mentira,

Jamais foram lá.

Uma noite, os meninos estavam na conversinha costumeira, quando o homem reapareceu:

– Ih, olha quem está aí!

– É o nosso amigo!

– Trouxe sandubas?

– Vocês são uns interesseiros – disse o homem.

E riu.

E os meninos riram também.

Desta vez ele trouxe duas sacolas bem grandes. Uma com sanduíches e refrigerantes, outra com pedaços de madeira.

E foi logo preparando a fogueira.

– Mas hoje não é noite de São João – disseram. – O que vamos comemorar?

– O que a gente quiser.

– Qual é o seu nome, como devemos lhe chamar?

– Me chamem de amigo, apenas. E vamos comemorar a amizade. A alegria. A poesia. E, especialmente, a beleza e o milagre de estarmos vivos.

À volta da fogueira, os meninos serviram-se e brindaram. Depois acenderam o fogo e viram a noite chegar. Viram a noite escurecer e depois se iluminar. Viram o fogo ser aceso e se apagar.

Quando a noite voltou a ficar fria, viram que chegou o dia e estavam felizes por isso.

Pensaram nos presentes que o amigo trouxe. E se deram conta de que acordar para um novo dia é o maior presente que podem receber. E decidiram que vão fazer, de cada dia, um dia para celebrar a praça, que é de todos.

Porque a vida, que nem naquela música dos meninos à volta da fogueira, tem uma parte que é sonho; outra parte que é verdade.

A VIDA É TROCA

A vida é dura, doutor. Às vezes a gente desconversa, regateia, se finge de morto, pede um desconto. Mas é bem difícil levar alguma vantagem.

Quem me apresentou o deputado foda foi Fabinho, um velho amigo dos tempos de farda. Caveiramos juntos, no mesmo batalhão, e pulamos fora, ou fomos pulados, juntos também. Só que fui pra rua sem levar nada nos bolsos ou nas mãos, como diz aquela música, enquadrado no desvio de conduta. Até no xadrez fui parar, como diz a outra. Fabinho ganhou a reserva, até hoje remunerada, pois já era amigo de um deputado mais foda ainda, desses que ficam em Brasília.

A vida é assim. Cada um carrega a sua cruz. Cada cachorro que lamba as próprias partes. Quem reclama já perdeu. Só muito depois eu soube do parentesco entre um deputado e o outro, veja o senhor.

Meu amigo Fabinho é um craque em escolher companhias. A vida é cheia de artimanhas, né não? Quando estamos seguindo com o milho, ela já vem voltando com o fubá, toda serelepe. E taca a broa na cara do abestalhado, do que fica parado na esquina, olhando a banda passar. Fico nada, sigo a banda até onde der.

Fabinho me levou para falar com o amigo dele lá naquele casarão imponente, onde os deputados todos se escondem. Mas não fomos recebidos ali, e sim num café de rua que fica nos fundos do prédio, desses que servem cafezinho em copo de isopor. Até estranhei, pois foi bem antes da pandemia que colocou um monte de esquisitices em nossas vidas e nos costumes. Estranhei também porque ainda não sacava as presepadas desse pessoal, sempre cheio de manhas e de manias.

O deputado olhava pros lados o tempo todo, como se estivesse preocupado ou com pressa. Não estendeu a mão quando fomos apresentados. Apenas sorriu um sorrisinho de canto de boca, fez um gesto que parecia bater continência e foi logo querendo saber o que eu precisava.

"Um advogado", Fabinho se adiantou

"Qual é a bronca?", ele quis saber.

"Homicídio".

O deputado sorriu:

"Isso é mole pra nós".

Virou-se para mim:

"Trouxe os documentos?"

"Que documentos?", eu quis saber.

"Todos. Para a contratação. Fabinho não explicou?"

"Tenho tudo aqui."

A vida não faz por menos e assim eu virei assessor do homem. Cargo pomposo da porra. Tenho água gelada, cafezinho, biscoito e até secretária. Salário eu nunca vi. Vai direto pro Fabinho, que repassa pra quem tem que repassar. É um esquema, uma troca, um racha, troço assim, combinação lá deles, normas da casa. O que importa mesmo é que o advogado que eu precisava é amigo do deputado e marcou presença, resolveu a parada com juiz, delegado, o cacete a quatro, e estou livre que nem um passarinho.

A vida é queda de braço, doutor. Tem que medir com a mente a força do adversário e ir mostrando sua força aos poucos, à medida da necessidade. Faço o trabalho que me mandam fazer e não questiono ordem nem quem ordena. Sabedoria é retesar o muque quando precisa mostrar serviço, mas também deixar o braço arriar na mesa quando o momento exige.

"Finja-se de doente para ser visitado", meu pai dizia.

Assim fui me criando com o homem e com os homens em volta do homem, a tropa de choque, Fabinho sempre à frente. Fazendo só o que tem que ser feito, na hora exata. Eles me dão moral e cobertura. Devolvo com lealdade e silêncio. A vida é troca, doutor.

O primeiro serviço, digamos assim, de destaque, que caiu em minhas mãos foi o caso da vereadora, que todo mundo está careca de saber. O troço precisava ser feito, por que não pergunte, entrei em cena para agilizar que fosse feito da maneira mais rápida, mais certa e mais limpa. E assim foi. É isso, jogo jogado, vida que segue.

Depois vieram outras encrencas: empresário (o sócio do deputado que queria bancar o espertinho), fazendeiro (o tal que vendeu a fazenda e depois mudou de planos), membros de associações de moradores metidos em implicâncias e a fazer denúncias, policiais que romperam acordo, compadres nossos que se bandearam pros policiais, essas coisas.

A vida é encrenqueira, doutor.

Pode me ligar quando precisar, pois estou aqui e daqui não saio. Só não me faça perguntas cujas respostas não existem ou estão proibidas. Salário pra quê?! Com tanta mordomia, pra que eu quero salário? Prefiro continuar com as gratificações por tarefas cumpridas. Já deu pra sentir que sou bom cumpridor, não foi? O numerário, vamos chamar assim, varia de acordo com a encomenda, a dificuldade ou poder de repercussão que o caso implique, se é que me entende. Entende, né? A vida é, antes de tudo, entendimento.

O senhor só me diga uma coisa: tenho do que reclamar?

Mais cedo ou mais tarde o teto desaba

A cena se passa no ano de mil novecentos e setenta e um. No mês de setembro, em certo dia dezessete.

A família humilde e nordestina, reunida à mesa do jantar, está incompleta. Em volta dos pratos e travessas encontram-se ali o pai, a mãe e a filha. Falta o filho, que eles não sabem exatamente por onde anda. Conhecem pouco dos caminhos e, principalmente, dos descaminhos do rapaz.

Comem arroz, feijão e bife. Vasilhas com pão, alface e tomate estão em cima da mesa, ao lado da jarra com refresco de umbu. A toalha de pano de chita tem detalhes coloridos. O prato do rapaz ocupa o lugar que sempre ocupou, em frente à cadeira vazia onde ele costumava se sentar.

O ritual se repete. O aparelho de televisão, pequeno e com imagens em branco e preto, está ligado. Vai começar o Jornal Nacional. A voz mais popular nas noites do país lê a manchete de abertura: Forças militares cercam e matam no sertão da Bahia o capitão do Exército que desertou para se unir à guerrilha. Fazendo questão de lembrar que antes houvera troca de tiros e resistência, para que ninguém pense que se trata de uma execução.

Logo em seguida vem a trilha sonora que é tema do programa, a tela escurece e volta a se acender.

Depois dos reclames publicitários de praxe – antiácido Sonrisal, geladeiras Frigidaire, polvilho antisséptico e Casas Pernambucanas – o dono da voz, Cid Moreira, reaparece para informar que o indigitado tinha trinta e três anos de idade. E que tombou a seu lado o "comparsa" de subversão e ideal conhecido como Zezinho. No registro policial, José Ferreira de Jesus Filho, de vinte e nove anos.

Os olhos duros e assustados do pai e da filha buscam os olhos nublados da mãe – preocupação maior de todos, pois tem a saúde precária. O chefe da família levanta-se e desliga o aparelho.

– Zezinho... – a mãe balbucia, expressão mergulhada no lugar vazio à mesa.

A moça começa a chorar.

O pai vai até o banheiro, passa a mão no rosto diante do espelho e diz, para si mesmo:

– Seja forte. Mas cedo ou mais tarde o teto desaba, Seu José Ferreira de Jesus.

Seis horas da manhã, quando a mulher e a filha se levantam, ele já está à mesa, depois de fazer o café. A maleta com roupas e documentos está pronta, sobre o sofá.

– Vai viajar, Zé? – a mulher pergunta.

– Vou atrás do corpo do nosso filho, Maria.

Perto dali, um grupo bem diferente ergue taças e brinda efusivamente, comemorando as mortes. Tanto a do "capitão traidor" quanto a do moleque filho do José, a quem viram crescer e que estava "envergonhando a cidade". Naquele momento combinam a vingança, embora soubessem não haver mais de quem se vingar.

Na capital, depois de se ajeitar em uma hospedaria, o pai foi informado de que o corpo chegaria a qualquer momento. Seria trazido "pelos homens da polícia". Mas os homens da polícia dependiam "dos homens do Exército", encarregados da liberação e também do transporte dos "desafortunados".

– Os infelizes tinham umas complicações aí, moço. Coisa de comunismo. Morreram em confronto com a lei e a ordem, daí o processo ser mais demorado – explicou o atendente no Instituto Médico Legal. – O senhor sabe como são essas confusões da política, não sabe?

– Sei, sim senhor – respondeu o pai. – Um dos infelizes era filho meu.

Depois da liberação formal pelos legistas, o pai alugou a caminhonete que o levaria para casa, carregando o corpo do filho, alojado no caixão mais simples que teve condições de adquirir.

A viagem de volta durou pouco mais de duas horas, talvez os momentos mais intensos que Seu José passou ao lado do filho. Pela moldura transparente na tampa do caixão, por onde contempla o rosto machucado de Zezinho, o pai atravessa o vidro e o tempo, para mergulhar em reminiscências e saudades: o menino em seu colo, os primeiros passos, a primeira comunhão e as primeiras idas à escola e ao ginásio. Passeios, juntos, na beira do rio, em casa de parentes na roça, o filho tangendo o gado, pastoreando cabras, montando em jumentos, subindo em árvores.

Nesta mesma noite, depois de telefonemas trocados às pressas, o grupo se encontrou na churrascaria que todos frequentavam em noites festivas, onde se exaltava os "feitos revolucionários" daqueles dias. Todos eles cidadãos civis, mas, como repetiam com orgulho, "aguerridos patriotas".

Dali partiram para a ação.

Por vergonha de convidar os amigos e parentes, apenas pai, mãe e irmã velavam o Zezinho durante a madrugada. A cidade tinha vocação para ventanias arrepiantes, mais intensas naquele final de inverno. Os três enfrentavam o frio em torno das velas que rodeavam o caixão com o corpo.

Nesse momento o bando invadiu a casa, disposto a piorar as coisas que tão ruins já estavam. Foram arrastando o caixão de cima da mesa para carregá-lo até o jipe parado na porta. O pai se postou à frente, mas foi de lá arrancado por um dos líderes:

– Temos consideração pelo senhor, Seu José, e entendemos a dor paterna. Mas já decidimos que em nossa cidade esse terrorista não será sepultado.

– Pelo amor de Deus! – a mãe ainda implorou, mas ninguém ouviu. O carro já levantava poeira e cantava pneus em direção ao fim do mundo.

O pai sentou-se em um tamborete na porta da cozinha. A mulher, amparada pela moça, estava ajoelhada aos seus pés:

– Vai, Zé, buscar o nosso filho.

– Vou – ele respondeu.

Mas não tinha mais forças para se levantar.

Ainda tem sol em Ipanema

De mãos dadas, Sergio e Clara pulam das pedras do calçadão para a areia morna e caminham até o mar. Ela está só de biquíni, bolsa de pano na mão. Ele carrega as sandálias de dedo e camiseta surrada debaixo do braço. Antes do mergulho eles abrem os braços para o sol, olham em direção às Ilhas Cagarras e sorriem.

O sol pega o rumo do poente para se esconder atrás da Pedra da Gávea.

Serginho tem dezessete anos, mas parece menos. Ginga de menino-moleque, bermudão mostrando a cueca, tatuagens de montão, quase sempre sem camisa no corpo e com um sorrisão franco no meio da cara. Mora no Morro do Pavão-Pavãozinho, em Copacabana, e trabalha como entregador de supermercado na Nossa Senhora, quase Sá Ferreira. Bem na esquina de casa para quem, como ele, sobe e desce o morro pela Rua Saint Roman. Frequentando as rodas de samba do bar Bip Bip, ali pertinho, tornou-se amigo e pupilo do dono do estabelecimento, "Seu Alfredo", que ele conheceu por conta das constantes entregas de bebidas e alimentos adquiridos pelo bar no supermercado.

Cursa o ensino médio à noite – falta muito às aulas, porque marcou de reunir a galera, porque a mãe está doente e ele precisa cuidar dela (vivem só os dois no barraco, desde que o pai foi morto) ou porque tem jogo importante do Flamengo no Maraca; se o jogo, além de ser à noite é fora da cidade, ele também falta ao colégio para assistir com a turma na sede da Associação de Moradores, onde tem telão. O pessoal todo gosta muito de Sérgio, menino que nasceu e cresceu ali. Admiram sua competência e boa vontade para estar sempre ajudando e protegendo a mãe, Dona Alzira, uma das melhores costureiras da comunidade.

Quando fica muito tempo sem aparecer no bar, "Seu Alfredo" liga para saber por onde anda: se está frequentando a escola, se está cuidando da mãe, se pode destinar o fim de semana à distribuição de cestas básicas na vizinhança. O comerciante toca alguns projetos sociais de ajuda a pessoas carentes, usando o enorme carisma que possui e a colaboração constante de inúmeros frequentadores do seu bar.

Além do trabalho, da mãe, da galera e da entrega de alimentos aos vizinhos necessitados, Serginho curte baile funk. Não perde um.

Clara tem dezesseis anos, mas parece mais. Mora no Morro do Cantagalo, em Ipanema, com vista para a orla do bairro e também para a Lagoa e Copacabana. Trabalha como manicure em um salão de beleza na Rua Barão da Torre, perto do acesso aos elevadores panorâmicos – muito usados por ela e pelos vizinhos quando não está quebrado, o que acontece com frequência.

Aprendeu a cuidar de unhas com uma tia e começou na atividade antes dos quinze, para ajudar a família.

Divide o tempo entre trabalho e os estudos no segundo grau, curso noturno, pois tem projeto de fazer vestibular e se tornar professora. Acha muito bacana ensinar os outros. Clara gosta de música em geral, de rodas de samba – especialmente depois que conheceu o Bip Bip, apresentada a ela por Serginho – , de desenho animado e de baile funk.

Bunitinho, cujo nome verdadeiro é Diego, ganha a vida como comediante, se apresentando em bailes e festas particulares. Canta, dança, faz caretas e piruetas, sempre sorrindo para tirar partido do fato de ter apenas dois ou três dentes, meio quebrados, o que realça uma expressão apalermada que muitos acham cômica. Fenômeno na internet, faz sucesso com memes e gracinhas ao seu modo destravado sobre qualquer assunto, quase sempre bobagem. Ele tem 36 anos, mas um retardo emocional que o deixa com a idade mental de uma criança. Na verdade, é uma criança brincalhona.

Que nem Serginho, Bunitinho também é flamenguista, curtidor dos amigos, do mar e da areia, além dos bailes.

Diego Bunitinho mora em Campo Grande, na Zona Oeste da cidade, mas atravessa o viaduto da Grota Funda para animar pancadões na Zona Sul, sua maior base, seu público, sua praia (foi numa praia do bairro, perto do Posto Nove, depois de um baile que acabou de manhã, que conheceu Serginho e Clara, e os três ficaram amigos). Ou então faz o trajeto pela Avenida Brasil, quando o destino é a Ilha do Governador, Favela do João ou Complexo do Alemão, onde os agitos de fins de semana não ficam nada a dever aos dos points da orla.

Mas quando o programa é praia, não há segunda opção: Bunitinho – seja pela Barra ou pela Brasil – corre quilômetros para exibir o corpo miúdo e escancarar sua beleza em Ipanema, onde os dois amigos mais jovens o esperam, invariavelmente com uma cerveja gelada (comprada num ambulante amigo, que faz vista grossa ao fato de serem menores de idade), na altura da Rua Vinicius de Moraes.

O Carnaval chega ao Rio de Janeiro, prometendo a animação de todos os anos. Combinam durante a semana que a boa da sexta seria o pancadão pré-carnavalesco do Morro do Dendê, na Ilha, onde Bunitinho tem tratamento de rei – é sempre uma das atrações especiais –, extensivo aos seus amigos e convidados. Mas Clarinha amanhece indisposta e à noite ainda se queixa de cólicas. Faz *forfait* com os amigos, não vai ao baile.

Serginho fica triste, mas não desanima. Passa no Bip Bip para cumprimentar o velho amigo, desejar um bom Carnaval, e pega o buzum que atravessa a cidade e boa parte da Avenida Brasil, a caminho do Dendê. Moleque de morro, dezessete anos de praia, não teme itinerário.

Desce no ponto recomendado por Bunitinho e pega a viela que leva ao clube, quando é interceptado pelos meganhas, viatura atravessada na pista.

– Tá indo pra onde, artista? – pergunta um deles.

– Pro baile, senhor.

– Tá com a grana?

– Só a da entrada e a da cerveja.

– Deixa tudo aqui. Mudança de programação.

– Por favor, autoridade...

– Já passou a noite numa caçapa, bonitão? Não?! Vai gostar. É cinco estrelas.

Sem discutir, para não piorar as coisas, Serginho entrega o dinheiro que tem e entra na gaiola.

Não sabe quanto tempo durou, se cochilou ou dormiu, até o facho de luz invadir feito uma lâmina quando abrem a caçapa.

– Desce aí, garotão. E pica a mula, dando graças a Deus porque nasceu hoje, viu? Escapou de boa.

Reconhece a quebrada sinistra onde é deixado: Linha Vermelha, altura do Caju. Sem um tostão nos bolsos, encara o sol da manhã de sábado de verão até a Rodoviária Novo Rio. Depois de meia hora implorando carona, consegue que um motorista abra a porta traseira do ônibus que vai pro Leblon.

Ouvidos colados na prosa da dupla à frente, repercutindo os acontecimentos, descobre que a "de boa" que escapara foi não ter chegado ao baile. Durante uma troca de tiros na madruga, sabe-se lá por qual motivo (sempre alegam um "motivo justo"), acertaram quatro inocentes na saída do Pancadão.

Já em casa, televisão ligada, Serginho descobre que entre os mortos ou chacinados está o seu amigo Bunitinho, o que era amigo de todo mundo e só queria divertir a galera. Por uma vizinha, fica sabendo também que naquela manhã o imenso coração do seu amigo e também amigo de todo mundo, Alfredo do Bip Bip, parou de bater. Triste e cansado, cochila no pequeno sofá da sala, que não comporta mais o seu corpo, e é despertado no fim da tarde, com o telefonema de Clara convidando-o para ir à praia.

Não tem coragem de contar logo para ela o que aconteceu com os amigos comuns.

Do alto do morro, ele vislumbra o céu magenta e crepuscular que se contempla com maior nitidez da beira da praia, e pergunta:

– Você acha que ainda vale a pena?

– Claro que sim – ela responde.

– E os mortos? São muitos mortos, Clarinha.

– Morrer ainda é aqui, na vida, no sol, no ar. Ainda pode haver dor ou vontade de mijar.

– Que maluquice é essa?

– Não é maluquice, bobo. É Gilberto Gil. Depois eu canto a música para você.

E jogando documento e chaves na bolsa de pano:

– Vamos nessa, Serginho. Ainda tem sol em Ipanema.

*Este livro foi composto em Adobe Caslon Pro e
Mninon Pro e impresso em maio de 2022*